AF452239

ACADÉMIE DES BEAUX-ARTS

CE PUBLIQUE ANNUELLE

DU SAMEDI 4 NOVEMBRE 1899

PRÉSIDÉE PAR M. JULES LEFEBVRE

PARIS

TYPOGRAPHIE DE FIRMIN-DIDOT ET Cⁱᵉ

IMPRIMEURS DE L'INSTITUT DE FRANCE, RUE JACOB, 56

M DCCC XCIX

CALLIRHOÉ

SCÈNE LYRIQUE

PAR

M. EUGÈNE ADENIS

... Fugit ad salices...
VIRGILE (*Eglogues*).

Son di Diana!
LE TASSE (*Aminta*).

PERSONNAGES

APOLLON.

DIANE.

CALLIRHOÉ, nymphe de Diane.

La scène en Thessalie, aux temps fabuleux.

Une plaine au bord d'un fleuve; de longs roseaux ornent la rive. — Alentour, des bois.

I

APOLLON, seul, il est vêtu en berger. — Crépuscule du soir; on entend les flûtes des bergers qui se répondent l'une à l'autre.

APOLLON.

La nuit descend sur les vallons et sur les plaines.
Les flûtes des bergers soupirent plus lointaines;
    Les clochettes des troupeaux
Palpitent vaguement : c'est l'heure du repos.
Me voilà seul... O Zeus, ô maître du tonnerre,
    Quand donc le triste exil
    Que tu m'imposas sur la terre
    Hélas ! finira-t-il ?...

(Il prélude sur sa lyre.)

    Console-moi, douce lyre
    Encore inconnue aux mortels...
      Soupire
      Un chant du ciel.

    Lyre, pour calmer ma peine,
    Et me faire entrevoir l'azur.
      Égrène
      Ton accord pur.

    Chante encor la nymphe aimée
    Qui m'écoute dans ces roseaux.
      Charmée
      Au bord des eaux !

    L'or de ses cheveux sur l'onde.
    Cérès pour ses blés l'envierait.
      Quand, blonde,
      Elle apparaît !

    Lyre harmonieuse, enchante
    Tous ces bois de son nom sacré.
      Et chante
      Callirhoé !

II

APOLLON, CALLIRHOÉ.

*Depuis quelques instants, la nymphe a écarté les ro-
seaux de la rive. — Elle écoute, curieuse et charmée.*

CALLIRHOÉ.

Comme tous les soirs, malgré moi, je cède
Au charme de sa voix...

APOLLON. l'apercevant·

Callirhoé, je te revois,
Toi. le seul bien qu'en rêve, ici-bas, je possède,
Reste près de moi...

CALLIRHOÉ.

Je ne puis...

APOLLON.

Comme tous les soirs, tu t'enfuis
A peine entrevue !

CALLIRHOÉ

N'est-ce pas trop déjà d'être venue ?...

APOLLON.

Je t'implore, tu fuis... je t'aime et tu me hais !...

CALLIRHOÉ.

J'appartiens à Diane.
Sur ses autels, où pas une fleur ne se fane.
J'ai juré de n'aimer jamais !

APOLLON.

Vain serment ! folle promesse !...

CALLIRHOÉ.

Mais qui m'enchaîne à la déesse.

APOLLON.

N'aimer jamais ?...
Quand ta blanche épaule
Frôle,
Au matin naissant, les roseaux.
Ne vois-tu pas le saule
Penché sur le miroir des eaux ?
Ses feuilles en tremblant caressent,
Pressent
L'onde calme et souple qui luit...
L'onde amoureuse qu'il désire
Tressaille, l'attire
Et lui sourit !...

Comme elle, nymphe adorable,
A ton tour,
En fuyant sous le saule, en dormant sous l'érable,
N'as-tu jamais rêvé d'amour ?

CALLIRHOÉ.

Oui, j'ai parfois rêvé d'amour.

APOLLON.

Et quand l'insecte d'or se blottit dans la rose
Qui sur lui ferme, à la nuit close,
Sa corolle de velours,
N'as-tu jamais rêvé d'amour ?

CALLIRHOÉ.

Oui. j'ai souvent rêvé d'amour !.
Mais de quel châtiment
L'implacable déesse
Punirait ma faiblesse,
Si je trahissais mon serment !..
Pour chasser avec mes compagnes
Dès l'aube, aux sons éclatants du cor,
Diane accourt parmi ces bois et ces campagnes...

APOLLON.

L'aube n'est pas levée encor
Et la nuit discrète est venue...

CALLIRHOÉ, désignant le ciel où perce un rayon de lune.

Pour éclairer la sombre nuit,
Vois, hélas !... là-haut, dans la nue,
Le regard de Diane luit !

APOLLON.

Dans l'ombre des bois, sous ce voile
De feuilles qui s'étend là-bas,
Impénétrable même à la plus claire étoile,
Son regard ne nous suivra pas !

(Il l'entraîne doucement.)

Ensemble.

Viens, marchons, l'âme ouverte au charme du
[silence,
Au parfum de la nuit... à tes rêves... aux miens...
Au chant d'amour, qui de nos deux lèvres s'élance
Pour se fondre en la même harmonie. Ah ! viens,
[viens.

CALLIRHOÉ, cédant.

Je te suis, l'âme ouverte au charme du silence,
Au parfum de la nuit... à mes rêves. aux tiens...
Au chant d'amour, qui de nos deux lèvres s'élance
Pour se fondre en la même harmonie !... Oui, je
[viens,

(*Longue extase exprimée par la symphonie de l'orchestre.
— La nuit se dissipe peu à peu. Les deux amants,
tout à l'enchantement de leur rêve, ne voient pas les
premières lueurs de l'aube qui blanchissent le ciel.
— Un appel de cor, d'abord lointain, résonne. Les
amants ne l'entendent pas. Les sonneries de cor se
rapprochent. Callirhoé tressaille.*)

Ces appels qui frappent l'espace ?

(*Avec un cri de terreur.*)

Dieux ! le jour ! c'est le jour !

(*La sonnerie de cor éclate.*)

Et la déesse passe !

III

LES MÊMES, DIANE.

(Diane paraît suivie de quelques nymphes. Elle tient son arc à la main. A la vue de Callirhoé et d'Apollon, elle s'arrête brusquement.)

DIANE, après un silence, à Callirhoé.

Perfide!... Ainsi, ton lâche cœur fut donc capable
De mépriser mes arrêts immortels,
Pour immoler sur ses autels
Ton honneur à l'amour coupable!

APOLLON.

C'est moi qui l'entraînai!... C'est moi qu'il faut punir...

CALLIRHOÉ, à Apollon.

Ah! ne t'accuse pas!

(A Diane.)

Mon crime est volontaire!

DIANE.

Il a profané la nuit que j'éclaire
Et les bois sacrés où j'aimais à fuir!

CALLIRHOÉ.

Frappe donc!... Mais que ta vengeance,
Déesse, n'atteigne que moi.

DIANE.

Complices pour la même offense
Vous subirez la même loi.

(Elle évoque les divinités infernales.)

Spectres, Larves, Lamies,
Et vous, pâles Furies
Aux noirs serpents entrelacés,
Filles de l'Erinnys rebelle,
La triple Hécate vous appelle :
Paraissez!

(De lourds nuages noirs, soudainement amoncelés, accourent de tous les points de l'horizon, poussés par un vent de tempête qui courbe les bois. Brusque tombée de nuit, mais d'une nuit sombre, d'une nuit d'orage qui contraste avec la nuit calme et presque bleue de tout à l'heure. Éclairs et tonnerre. Les muets fantômes évoqués par Diane se dressent et se groupent autour d'elle.)

DIANE, désignant aux Furies les deux amants.

Aux enfers!... aux enfers!... tous deux qu'on
[les entraîne,
Et de ces fouets vengeurs, dont vous arma la Haine,
Frappez... frappez-les tour à tour.

CALLIRHOÉ.

Pitié!... pitié, pour lui, déesse, ô souveraine!
Moi seule dois subir les effets de ta haine
Que m'attire un coupable amour!

APOLLON, les yeux au ciel.

Zeus, rends-moi mon pouvoir! Zeus, à ma voix
[ramène
La clarté du soleil pour conjurer la haine
Et faire triompher l'Amour!

(A la prière d'Apollon, la nuit se dissipe, la clarté reparaît. Apollon transfiguré, contenant d'un geste les Euménides qui vont s'élancer.)

Filles de Mégère,
Arrière!
Je suis Apollon, dieu du jour!

DIANE.

Apollon!

(Les spectres s'évanouissent.)

APOLLON, à Diane.

Maintenant, ô déesse cruelle,
Je marche ton égal!

(Montrant Callirhoé.)

Tu ne peux rien sur elle!
Et contre les enchantements
Créés par toi, je la défends!

DIANE, l'arc tendu.

Défends-la donc contre la flèche ailée!

(Le trait vole et atteint la jeune fille qu'il blesse mortellement; puis, dans un élan furieux, reprenant sa course, Diane disparaît, suivie de ses nymphes, à travers les bois. Les sonneries de cor reprennent et se perdent dans l'éloignement.)

APOLLON, penché sur la jeune fille.

Callirhoé, ma bien-aimée!
Grands Dieux!

CALLIRHOÉ.

Un long voile noir obscurcit mes yeux!

. . . .

O beau rêve... rêve d'une heure,
Rêve que je pleure
Et qui viens de fuir,
Je veux, à ma suprême aurore,
M'enivrer encore
De ton souvenir!
Telle reste sous la paupière
La vive lumière
Que fixaient nos yeux,
Tel brille encore dans mon âme
L'éclat de ta flamme,
Astre radieux!

APOLLON.

Tu ne mourras pas tout entière!...
Tu seras, ô Callirhoé, la source claire
Qui fuit sur le sable argentin,

Et mes rayons, chaque matin,
Viendront te caresser de leur blonde lumière!

CALLIRHOÉ, avec ivresse.

Ah! ses rayons, chaque matin,
Viendront me caresser de leur blonde lumière!

Ensemble.

CALLIRHOÉ.

Être réunis tous les deux
Dans l'éternité qui pour moi commence!
Ces doux mots murmurés ont calmé ma souffrance,
Et le jour où je meurs est un jour radieux!...
Cher amant, à toujours!

APOLLON.

A toujours!...

CALLIRHOÉ.

Je t'adore!...

APOLLON.

Que ce baiser, dans un rayon d'aurore,
Boive tes premiers pleurs !...

CALLIRHOÉ, doucement.

Je meurs!...
Non... je m'endors, pour vivre en toi, parmi les fleurs !...

APOLLON.

Lyre harmonieuse, enchante
Tous les bois de son nom sacré,
Et chante
Callirhoé!

*(Apollon s'élève au ciel au son de la lyre. Callirhoé
disparaît dans les roseaux qui bordent la rive, et se
confond avec la source du fleuve; le soleil, qui paraît
bientôt dans toute sa clarté, l'inonde de rayons.)*

Paris. — Typ. Firmin-Didot et Cⁱᵉ, impr. de l'Institut, rue Jacob. 56. — 37980.

ACADÉMIE DES BEAUX-ARTS

SÉANCE PUBLIQUE ANNUELLE

Du samedi 4 novembre 1899

PRÉSIDÉE PAR

M. JULES LEFEBVRE

PROGRAMME DE LA SÉANCE

1° Exécution de la scène lyrique qui a remporté le deuxième premier grand prix de composition musicale et dont l'auteur est M. MALHERBE (Edmond-Paul-Henri), élève de MM. Massenet et Fauré.

2° Discours de M. le PRÉSIDENT.

3° Proclamation des GRANDS PRIX de Peinture, de Sculpture, d'Architecture, de Gravure en médailles et en pierres fines, de Composition musicale et des prix décernés en vertu de diverses fondations.

4° *Notice sur la vie et les œuvres* de M. Charles GARNIER, membre de l'Académie, par M. Gustave LARROUMET, secrétaire perpétuel.

5° Exécution de la scène lyrique qui a remporté le premier grand prix de composition musicale, et dont l'auteur est M. LEVADÉ Charles-Gaston), élève de MM. Massenet et Ch. Lenepveu.

PRIX DÉCERNÉS

GRANDS PRIX DE ROME. — PEINTURE. — 1er grand prix : M. ROGER (Louis), élève de MM. Jean-Paul-Laurens et Benjamin-Constant; — 1er second grand prix : M. GUÉTIN (Victor-Octave), élève de MM. J. Lefebvre, Benjamin-Constant et T. Robert-Fleury; — 2e second grand prix : M. JACQUOT-DEFRANCE (Laurent), élève de M. Bonnat. — SCULPTURE. — 1er grand prix : M. VERMARE (André-César), élève de MM. Falguière, Marqueste et Lanson; — 1er second grand prix : M. TERROIR (Alphonse-Camille), élève de M. Barrias; — 2e second grand prix : M. BOUCHARD (Louis-Henri), élève de M. Barrias. — ARCHITECTURE. — 1er grand prix : M. GARNIER (Tony), élève de MM. Blondel et Scellier de Gisors; — 1er second grand prix : M. SIROT (Henri), élève de M. Moyaux; — 2e second grand prix : M. SÉNÈS (Eugène), élève de MM. Raulin et Sortais. — GRAVURE EN MÉDAILLES ET EN PIERRES FINES. — 1er grand prix : M. GRÉGOIRE (René), élève de MM. J. Thomas et Henri Dubois; — 1er second grand prix : M. ALLOY (Léonce-Félix-Auguste), élève de MM. Barrias, Charpentier et Vernon; — Mention honorable : M. MÉROT (Julien-Louis), élève de MM. Barrias et E. Dupuy. — COMPOSITION MUSICALE. — 1er grand prix : M. LEVADÉ (Charles-Gaston), élève de MM. Massenet et Ch. Lenepveu; — 2e premier grand prix (disponible de l'année 1898) : M. MALHERBE (Edmond-Paul-Henri), élève de MM. Massenet et Fauré; — 1er second grand prix : M. MOREAU (Léon), élève de M. Ch. Lenepveu; — Mention honorable : M. BRISSET (Louis-Henri-Lucien-Camille), élève de M. Ch. Lenepveu.

PRIX LEPRINCE (2 800 fr.). Le prix est partagé entre MM. ROGER, VERMARE, GARNIER et GRÉGOIRE.

PRIX DESCHAUMES (1 500 fr.). Ce prix est décerné à M. MICHEL (Émile).

PRIX MAILLÉ-LATOUR-LANDRY (1 200 fr.). Prix : M. VILLENEUVE, sculpteur.

PRIX TRÉMONT (2 000 fr.). Ce prix a été partagé entre MM. DESCHENAUD, peintre, et L'HOEST, sculpteur, d'une part, et MM. BUSSER et GÉDALGE, compositeurs de musique, d'autre part.

PRIX LAMBERT (1 600 fr.). Prix partagé entre Mmes COLIN, LAVIDIÈRE, THIERRY-LADRANGE et CHAMBARD.

PRIX ACHILLE LECLÈRE (1 000 fr.). Ce prix, destiné à l'auteur du meilleur projet d'architecture **sur** un sujet mis au concours par l'Académie, n'a pas été décerné. L'Académie a accordé deux mentions honorables : la première à M. Bouvier (François-Victor) ; la seconde, au projet n° 16, mais dont l'auteur ne s'est pas fait connaître.

PRIX BORDIN (3 000 fr.) (Architecture.) L'Académie a partagé le prix de la manière suivante : 1 500 fr. à MM. André Bérard et Alfred Berthier ; 1 000 fr. à M. Chareuf (Henri) et 500 fr. à M. George, architecte.

PRIX BORDIN (3 000 fr.) (Gravure.) L'Académie a décerné une médaille de 2 000 francs à M. Roger Marx pour son ouvrage : *Les Médailleurs français* et une 2ᵉ médaille de 1 000 francs à M. Henri de La Tour, pour son *Catalogue des Jetons de la Bibliothèque Nationale.*

PRIX CHARTIER (500 fr.). (Musique de chambre.) M. Wiernsberger, compositeur de musique.

PRIX TROYON (1 200 francs), (*paysage*). Prix : M. Crellier (Alphonse) ; 1ʳᵉ mention honorable : Mˡˡᵉ Calvès (Didière-Marie) ; 2ᵉ mention honorable : M. Simon (Jacques) ; 3ᵉ mention honorable : M. Bertrand (Abel).

PRIX JEAN LECLAIRE (2 prix de 500 fr.). (Architecture.) Prix : MM. Nicod (Charles-Henri) et Petcolesco (Scarlat).

PRIX CHAUDESAIGUES (2 000 fr. par an). (Architecture.) Prix : M. Bruel (Alexandre) ; 1ʳᵉ mention honorable : M. Faure-Dujarric ; 2ᵉ mention honorable : M. Lucas ; 3ᵉ mention honorable : M. Mahieu.

PRIX DELANNOY (1 000 francs). Prix : M. Garnier (Tony).

PRIX LUSSON (500 francs). Prix : M. Sirot (Henri).

PRIX ROSSINI (Poésie), (3 000 francs). Prix : M. Paul Collin.

PRIX ROSSINI (Composition musicale). (3 000 fr.) Prix : M. Max d'Ollone.

PRIX CAMBACÉRÈS (3 000 francs). Prix partagé entre MM. Guetin, peintre, Terroir, sculpteur, et Grégoire, graveur.

PRIX PIGNY (2 000 francs). Le prix a été décerné à M. Sirot.

PRIX DESPREZ (1 000 francs). (Sculpture.) Prix : M. Boucher, pour son ouvrage : *Antique et Moderne* (Salon de 1899).

PRIX BRIZARD (3 000 francs). (Marine.) Prix : M. Camoreyt (Jacques) pour la marine qu'il a exposée au Salon de 1899.

PRIX MAXIME DAVID (400 francs). (Miniatures.) Prix : Mˡˡᵉ Cécile de Chaussé, pour les miniatures qu'elle a exposées au Salon de cette année.

PRIX EUG. PIOT (2 000 francs). (*Production de peinture représentant un enfant nu de huit à quinze mois.*) Prix : Mˡˡᵉ Delasalle, pour son œuvre intitulée : *Bébé dort.*

PRIX A.-N. BAILLY (1 500 francs). (Publications sur l'Architecture.) Prix : MM. Fauré, architecte.

PRIX HOULLEVIGUE (5 000 fr.). Ce prix, attribué à l'auteur d'une œuvre remarquable, produite dans le cours des quatre dernières années, en peinture, sculpture, architecture, gravure, composition musicale, publication sur l'art, a été décerné à M. Mayeux, architecte, pour son ouvrage intitulé : *Fantaisies architecturales.*

PRIX ESTRADE-DELCROS (8 000 fr.), (même destination que pour le prix Houllevigue). Prix M. Dagnan-Bouveret, pour son tableau intitulé : *La Cène.*

Paris. — Typographie de Firmin-Didot et Cⁱᵉ, impr. de l'Institut, rue Jacob, 56. — 38443.

ACADÉMIE DES BEAUX-ARTS

SÉANCE PUBLIQUE ANNUELLE

DU SAMEDI 4 NOVEMBRE 1899

PRÉSIDÉE PAR M. JULES LEFEBVRE

PRÉSIDENT DE L'ACADÉMIE DES BEAUX-ARTS

PROGRAMME DE LA SÉANCE.

1º Exécution de la scène lyrique qui a remporté le
2º premier grand prix de composition musicale, et dont
l'auteur est M. MALHERBE (Edmond-Paul-Henri), élève de
MM. Massenet et Fauré.

2º Discours de M. LE PRÉSIDENT.

3º Proclamation des grands prix de peinture, de sculpture, d'architecture, de gravure en médailles et en
pierres fines, de composition musicale et des prix décernés
en vertu des diverses fondations.

4º *Notice sur la vie et les œuvres* de M. Charles GARNIER,
membre de l'Académie, par M. Gustave LARROUMET,
secrétaire perpétuel.

5º Exécution de la scène lyrique qui a remporté le premier grand prix de composition musicale, et dont l'auteur est M. LEVADÉ (Charles-Gaston), élève de MM. Massenet et Ch. Lenepveu.

DISCOURS

DE

M. JULES LEFEBVRE

PRÉSIDENT DE L'ACADÉMIE DES BEAUX-ARTS

Lu dans la séance publique annuelle
du samedi 4 novembre 1899

MESSIEURS,

Une pieuse tradition de notre Compagnie veut que; dans
sa séance solennelle, son président adresse un dernier
souvenir aux confrères disparus dans l'année. Je man-
querai d'autant moins à ce devoir que, cette fois, les pertes
de l'Académie des Beaux-Arts ont été particulièrement
douloureuses et que les coups de la mort ont porté, avec
une prédilection cruelle, sur une seule des classes qui la
composent, celle des membres libres.

Georges Duplessis ouvrait cette liste funèbre, après
avoir pris part jusqu'au bout à nos travaux, qui étaient
devenus sa dernière joie et le dernier emploi de son activité. Après avoir consacré sa vie à classer et conserver une

part de nos richesses d'art, au département des estampes
de la Bibliothèque nationale, il était venu mettre à notre
service sa grande science et son goût éclairé. Il laisse à
l'histoire de la gravure des ouvrages de première impor-
tance; nous conservons le souvenir des qualités aimables
et solides qui distinguaient son caractère et son esprit.

C'était ensuite, et à quelques jours de distance, le marquis de Chennevières, directeur honoraire des Beaux-Arts.
L'administration des Beaux-Arts a toujours eu l'heureuse
fortune de voir à sa tête des hommes éminents par le goût
et le dévouement, qui rendaient faciles et fécondes les
relations entre l'art et l'État. Plusieurs sont devenus nos
confrères et aujourd'hui encore nous sommes heureux de
compter trois d'entre eux parmi nous. Je pourrais au
besoin m'appuyer sur leur témoignage pour déclarer que,
parmi ces bons serviteurs de l'art et de l'État, le marquis
de Chennevières fut un des meilleurs. Esprit méthodique
et hardi, également attaché à la tradition, qui est le sens
de l'histoire, et au progrès, qui est la loi de la vie, il a travaillé de tout son pouvoir à les concilier. Nul ne fut plus
novateur que ce conservateur. Avec cela, érudit éminent, écrivain délicat, par-dessus tout caractère droit et
ferme.

Après ces deux pertes bien cruelles, un deuil suprème
nous était réservé. Vous n'avez pas oublié avec quelle
bonne grâce et quelle sincérité dans l'éloge mon prédécesseur immédiat saluait l'an dernier la retraite de M. le
comte Henri Delaborde, qui s'était démis, à cause de son
grand âge et malgré nos instances, de ses fonctions de
secrétaire perpétuel. Nous nous étions empressés de le

retenir par les deux titres de secrétaire perpétuel honoraire et de membre libre, mais nous ne devions plus le conserver .qu'un peu plus d'un an. Quoiqu'il ait atteint jusqu'aux limites de la longévité humaine et qu'il soit mort plein d'œuvres et de jours, bien que sa disparition nous fût annoncée par une longue maladie, qu'il supportait avec le courage simple du chrétien, nous ne pouvions nous faire à cette pensée que nous ne le verrions plus, que nous ne l'entendrions plus, que nous ne recevrions plus les conseils de sa haute sagesse et de sa parfaite droiture. Depuis vingt-quatre ans, l'Académie s'incarnait en lui. En mourant, il laissait un de ces vides que rien ne saurait combler. Je ne songe même pas à indiquer aujourd'hui ce que furent en lui l'artiste, l'écrivain, l'administrateur, le gardien permanent de nos règlements et le guide de nos travaux. Il appartient à son éminent successeur de s'acquitter de ce devoir et il le fera avec tout son talent et tout son cœur. Il me suffit, au nom de la Compagnie dont le comte Delaborde était l'âme et qui était sa vie, de déclarer que notre reconnaissance vivra parmi nous aussi longtemps que nous-mêmes,

Messieurs, la pieuse mission que je viens de remplir assombrirait par trop cette journée si l'espérance et la jeunesse ne dissipaient l'impression de tristesse que laissent la mort et le passé. La poésie antique comparait la tradition humaine à ces flambeaux toujours ravivés que des coureurs se passaient dans la nuit. De même un grand poète de notre âge, après avoir pleuré ses compagnons disparus, se consolait à la pensée de l'avenir et de ces jeunes recrues qui viennent incessamment prendre part aux combats de la vie, de l'art et de la pensée. « En avant, disait-il, en avant par-dessus les tombeaux! » Il nous suffit de regarder devant nous pour répéter cet appel avec la même confiance. Il nous suffit de songer aux espérances que nous apportent les lauréats de nos grands prix.

Le premier sentiment que j'éprouve en les voyant, est un sentiment de regret, presque d'envie. Je me reporte avec mélancolie aux jours déjà lointains où ma jeunesse brûlait de l'ardeur qui les anime, et je voudrais pouvoir me retrouver avec eux au point de départ, pour recommencer, en tâchant de faire mieux. Voilà pour le regret; quant à l'envie, une envie permise et bien excusable, je l'éprouve, jeunes gens, à la pensée de toutes les splendeurs que vous allez voir et que je ne verrai probablement plus.

Vous êtes à la veille de faire la conquête de l'Italie, ou plutôt je me trompe, c'est l'Italie qui va faire la vôtre. Au sortir de vos fortes études classiques, vous allez entrer, comme en un rêve, dans ce pays enchanté, dans ce royaume de l'admiration perpétuelle où la nature et l'art, le Ciel et l'Histoire semblent s'associer pour confondre et ravir l'esprit de l'homme. Vous allez être environnés, envahis, possédés, accablés, découragés quelquefois par le beau, sous ses formes les plus accomplies, et, en même temps que vous bénéficierez des nombreux avantages, physiques et moraux, de votre séjour dans la Ville éternelle, vous recevrez de la munificence intarissable du passé, les plus magnifiques leçons. Et cela tous les jours, à toute heure, pendant quatre ans, dans des conditions de sécurité, d'indépendance et de paix exceptionnelles, maîtres absolus

de vos mouvements, de vos pensées, seuls juges du choix
de vos travaux, livrés entièrement à vous-mêmes, à la per-
sonnalité de vos impressions, au libre arbitre de vos tem-
péraments, à la jeune et bouillante hardiesse de vos efforts.

Quelle bonne fortune merveilleuse est la vôtre ! Aussi,
partez joyeux, préparez-vous sans crainte à l'enthousiasme, et dites-vous bien que vous allez passer là, tous
ensemble, dans l'union cordiale et dévouée de la vie commune, les plus charmantes années de votre existence.

Mais ne perdez pas ce temps privilégié, je vous en prie,
mes jeunes amis, ne le gaspillez pas, ne le laissez pas
s'écouler en vaines rêveries, en oiseuses paroles, en fu-
mée. Ce temps est d'un prix exceptionnel, pensez-y ; il
vaut double ! Même bien employé, il passera si vite ! Ne
l'aidez pas dans sa fuite rapide, retenez-le de toutes vos
forces, au contraire, et prolongez-le dans le travail.

Oui, travaillez, pensez, n'imitez pas, comparez, ques-
tionnez avidement la nature, méditez face à face avec
l'antiquité ; pénétrez-vous de tous ces chefs-d'œuvre dont
l'atmosphère elle-même est saturée, à ce point qu'on en
boit l'âme, rien qu'en respirant !

Vous apprendrez ainsi la simplicité, la grandeur et la
droiture du style, vous goûterez les joies nobles et pures
que donne le spectacle toujours nouveau de l'harmonieuse
et souveraine beauté. Vous vivrez dans l'idéal, dans ce
monde supérieur dont la réalité n'est que le reflet. Votre
intimité quotidienne, vos amitiés, votre esprit, votre cœur
en seront retrempés et rehaussés.

Aussi, quand au retour vous entendrez redire par des
voix révolutionnaires ou ingrates, — en tous cas bien peu

autorisées, — que l'Académie de France à Rome est une
institution routinière et surannée qui n'a plus de raison
d'être à nos époques de progrès, qu'elle paralyse l'originalité, comprime le talent et tue le génie, contentez-vous
d'un haussement d'épaules et songez aux souvenirs dont
votre esprit et votre cœur seront pleins.

Enfin, — et c'est par là que je vous demande la permis-
sion de terminer ces rapides conseils, — pensez avec fierté
que vous allez inaugurer à Rome un siècle nouveau, que vous
en êtes l'aurore artistique et que nous mettons en vous
nos plus chers espoirs. Et puis rappelez-vous toujours,
sous ce beau ciel hospitalier, que vous représentez la
patrie. La Villa Médicis est aussi une ambassade de la
France. Jadis tout citoyen de Rome, en tout temps et en
tout lieu, gardait le souvenir de son origine et en sentait
la dignité : « Je suis citoyen romain », disait-il. De même
songez toujours, en toute circonstance, que vous représentez là-bas votre patrie, en attendant de contribuer à sa
gloire, ce qui sera désormais le but de votre vie et votre
suprême ambition.

J'aurai rempli toute ma tâche, Messieurs, lorsque j'aurai
déclaré devant vous notre reconnaissance pour les géné-
reux donateurs qui, cette année encore, ont déposé
entre nos mains, pour en être les dispensateurs, leur
offrande à l'art.

Un de nos correspondants, M. Gouvy, nous a légué une
somme de 12500 francs, dont le revenu sera attribué
comme pension à un musicien nécessiteux. Cet acte de
délicate bienfaisance nous est d'autant plus cher qu'il
nous vient d'un pays, l'Alsace-Lorraine, où M. Gouvy

était né Français. Séparé de la patrie durant sa vie, il a voulu que quelque chose de lui-même, le meilleur, car c'est le sentiment de la charité et de la solidarité artistique, le rattachât à la France après sa mort.

M. Joachim Meurand, ancien ministre plénipotentiaire, a constitué une rente annuelle de 1 000 francs, en faveur d'un jeune artiste, peintre d'histoire ou de paysage, sans fortune et s'étant déjà fait remarquer par son talent. Par cette union dans la même pensée de deux genres, qui sont comme les deux pôles de la peinture, M. Meurand montrait la largeur de son sens artistique.

Entre les noms qui honorent le passé de notre Compagnie, il en est peu d'aussi respectés et d'aussi glorieux que celui du grand architecte Félix Duban. Mme veuve Maillot, née Duban, a voulu perpétuer son souvenir par le legs d'une somme de 50 000 francs dont les arrérages seront attribués chaque année, sous le nom de prix *Félix Duban*, au pensionnaire architecte ayant remporté le grand prix de Rome.

Je pourrais répéter d'Ernest Beulé ce que je viens de dire au sujet de Duban. L'initiateur des grandes fouilles opérées sur l'Acropole d'Athènes, l'historien du divin rocher, l'archéologue qui a donné une si vive impulsion à la science, fut l'un de nos secrétaires perpétuels et il a grandement contribué à l'honneur de cette fonction. Sa veuve a fondé un prix annuel de 1 000 francs en faveur du pensionnaire peintre, sculpteur ou musicien qui, dans sa dernière année de séjour à la Villa Médicis, aura fait l'envoi de l'œuvre jugée la meilleure de l'Académie.

Enfin, Mme la baronne Nathaniel de Rothschild, après

avoir trouvé un charme de la vie dans l'art, pratiqué avec la plus discrète distinction, a constitué une rente annuelle de 5 000 francs, pour être attribuée à des artistes que les infirmités empêcheraient de vivre de leur talent. Il y a là une pensée d'une délicatesse toute féminine.

Ainsi, Messieurs, nos donateurs continuent de rendre à l'art, avec une sorte de concurrence ingénieuse, des services qui se complètent les uns par les autres. Grâce à eux, de jeunes espérances ne seront pas étouffées en germe par la rude main de la destinée, et de longues existences, embellies par le culte de l'art, mais déshéritées de la fortune, pourront finir de manière décente, à l'abri des derniers besoins. Vous êtes tous, Messieurs, des artistes ou des amis de l'art; à ce double titre vous me saurez gré de vous associer à notre reconnaissance envers nos bienfaiteurs.

GRANDS PRIX

DÉCERNÉS PAR L'ACADÉMIE DES BEAUX-ARTS.

PEINTURE.

Le sujet du concours donné par l'Académie était :

Hercule entre le Vice et la Vertu.

Le premier grand prix a été remporté par M. Roger (Louis), né à Paris, le 26 août 1874, élève de MM. Jean-Paul Laurens et Benjamin-Constant.

Le premier second grand prix a été décerné à M. Guétin (Victor-Octave), né à Saint-Denis (Seine), le 17 mars 1872, élève de MM. J. Lefebvre, Benjamin-Constant et T. Robert-Fleury.

Le deuxième second grand prix a été décerné à M. Jacquot-Defrance (Laurent), né à Perthus (Pyrénées-Orientales), le 22 avril 1874, élève de M. Bonnat.

SCULPTURE.

Le sujet du concours donné par l'Académie était .

Douleur d'Adam et d'Ève devant le cadavre d'Abel tué
par Caïn.

Le premier grand prix a été remporté par M. Vermare (André-César), né à Lyon, le 27 novembre 1869, élève de MM. Falguière, Marqueste et Lanson.

Le premier second grand prix a été décerné à M. Terroir (Alphonse-Camille), né à Marly (Nord), le 12 novembre 1875, élève de M. Barrias.

Le deuxième second grand prix a été décerné à M. Bouchard (Louis-Henri), né à Dijon (Côte-d'Or), le 13 décembre 1875, élève de M. Barrias.

ARCHITECTURE.

Le programme donné par l'Académie était :

Un Hôtel pour le Siège central d'une Banque d'État.

Le premier grand prix a été remporté par M. Garnier
(Tony), né à Lyon le 13 août 1869, élève de MM. Blondel
et Scellier de Gisors.

Le premier second grand prix a été décerné à M. Sirot (Henri-Ferdinand), né à Valenciennes (Nord) le
25 avril 1869, élève de M. Moyaux.

Le deuxième second grand prix a été décerné à
M. Sénès (Eugène-Barthélemy), né à Marseille le 30 mars
1873, élève de MM. Raulin et Sortais.

GRAVURE EN MÉDAILLES ET EN PIERRES FINES.

Le sujet du concours donné par l'Académie était :

Le Villageois et le Serpent (La Fontaine).

Le premier grand prix a été remporté par M. Grégoire (René), né à Saumur (Maine-et-Loire), le 4 juin 1871.
élève de MM. J. Thomas et Henri Dubois.

Le premier second grand prix a été décerné à M. ALLOY (Léonce-Félix-Auguste), né à Fauquembergues (Pas-de-Calais), le 26 février 1875, élève de MM. Barrias, Charpentier et Vernon.

L'Académie n'a pas décerné de deuxième second grand prix. Elle a attribué une mention honorable à M. MÉROT (Julien-Louis), né à Tanville (Orne), le 14 juin 1876, élève de MM. Barrias et Daniel Dupuis.

COMPOSITION MUSICALE.

Le sujet du concours était une cantate à trois personnages intitulée : *Callirhoé*, par M. Eugène ADENIS.

L'Académie a décerné le premier grand prix à M. LEVADÉ (Charles-Gaston), né à Paris, le 3 janvier 1869, élève de MM. Massenet et Ch. Lenepveu.

L'Académie, n'ayant pas décerné le premier grand prix en 1898, a pu, cette année, attribuer cette récompense à M. MALHERBE (Edmond-Paul-Henri), né à Paris, le 21 août 1870, élève de MM. Massenet et Fauré.

Le premier second grand prix a été décerné à M. MOREAU (Léon), né à Brest, le 13 juillet 1870, élève de M. Ch. Lenepveu.

L'Académie n'a pas décerné de deuxième second grand prix. Elle a attribué une mention honorable à M. BRISSET (Louis-Henri-Lucien-Camille), né à Constantine (Algérie), le 25 août 1872, élève de M. Ch. Lenepveu.

PRIX LEPRINCE.

Les intérêts de cette fondation qui doivent être distribués, chaque année, entre les jeunes artistes qui ont remporté les grands prix de peinture, de sculpture, d'architecture et de gravure, sont attribués, cette année, à
MM. ROGER, VERMARE, GARNIER et GRÉGOIRE.

PRIX ALHUMBERT.

Ce prix, de la valeur de *six cents francs,* est délivré
chaque année soit au pensionnaire graveur en médailles,
soit au pensionnaire graveur en taille-douce, au moment
de son retour de Rome.

A défaut d'un graveur, le prix sera donné à un musicien
ou à tout autre lauréat dans les mêmes conditions.

Ce prix sera décerné en 1900.

PRIX DESCHAUMES.

Ce prix, d'une valeur de *quinze cents francs,* a été fondé
en vue d'encourager de jeunes architectes se distinguant
par leur aptitude pour leur art et par leurs bons senti-
ments à l'égard de leur famille. L'Académie, cette année,
décerne le prix à M. MICHEL (Émile), architecte.

PRIX MAILLÉ-LATOUR-LANDRY.

Institué par feu M. le comte de Maillé-Latour-Landry,
en faveur d'un artiste dont le talent, déjà remarquable,

mérite d'être encouragé, ce prix, qui est biennal, est décerné à M. Villeneuve, sculpteur.

Ce prix sera de nouveau décerné en 1901.

PRIX BORDIN.

L'Académie avait prorogé à l'année 1899, le sujet suivant :

De l'influence de l'étude de l'archéologie en général, et des avantages ou des inconvénients qui peuvent, au point de vue de l'architecture, être tirés des connaissances que procure cette science.

Rechercher et indiquer, par des exemples, les conséquences qu'elle a pu avoir en France sur les œuvres de l'architecture, depuis le commencement du XIXe siècle.

Six mémoires ont été adressés au concours.

L'Académie a partagé le prix de la manière suivante :

1° *Quinze cents francs* à MM. André Bérard et Alfred Berthier, à Paris, pour leur mémoire ayant pour devise : *Indocti discant et ament meminisse periti.*

2° *Mille francs* à M. Henri Chabeuf, avocat à Dijon, pour son mémoire ayant pour devise : *Les anciens sont les anciens et nous sommes les gens de maintenant.*

3° *Cinq cents francs* à M. George, architecte à Lyon, pour son mémoire ayant pour devise : *Laudamus veteres*, etc.

L'Académie avait proposé pour l'année 1899 le sujet suivant :

Des conditions particulières, au point de vue de l'art et des mérites propres de la gravure, en comparaison des résultats obtenus à l'aide des divers procédés héliographiques. Faire ressortir les différences caractéristiques des diverses écoles de gravure, en leur opposant l'uniformité fatale des reproductions mécaniques.

Les deux mémoires adressés au concours sur cette question ayant été jugés insuffisants, l'Académie, usant de la faculté que lui a laissée le donateur de décerner le prix à des ouvrages récemment publiés sur les beaux-arts, a décerné une médaille de *deux mille francs* à M. ROGER MARX pour son ouvrage *Les Médailleurs français*, et une deuxième médaille de *mille francs* à M. Henri de LA TOUR, pour son *Catalogue des Jetons de la Bibliothèque Nationale*.

L'Académie rappelle qu'elle a proposé les sujets suivants :

1° Pour l'année 1900 :

Histoire des Concerts publics, à Paris, depuis le XVIIIe siècle jusqu'en 1828 (époque de la fondation de la Société des concerts du Conservatoire). « Étudier leur organisation et leur fonctionnement, citer les artistes et les compositeurs qui s'y sont produits, indiquer le caractère général des œuvres exécutées, et montrer l'influence qu'ils ont pu avoir sur le développement du goût musical en France, pendant cette période. »

2° Pour 1901 :

Caractériser le talent des peintres français qui illustrèrent la première moitié du XIX° siècle. Quelles étaient leurs qua-

lités personnelles? Quelles influences avaient-ils subies et quelle influence ont-ils exercée?

L'Académie décide, en outre, qu'elle décernera, en 1902, le prix Bordin à un ouvrage de haute littérature sur l'esthétique ou l'histoire de cet art, publié dans les cinq dernières années.

Les mémoires sur les sujets mis au concours devront être adressés au Secrétariat de l'Institut avant le 1ᵉʳ janvier de l'année du concours.

Les manuscrits devront porter une épigraphe ou devise répétée dans un billet cacheté qui contiendra le nom de l'auteur. Les concurrents, qui se feraient connaître, seraient exclus du concours. L'Académie ne rendra aucun des manuscrits qui auront été soumis à son examen, mais les auteurs pourront en faire prendre des copies au Secrétariat.

Les étrangers pourront prendre part à ces concours, pourvu que leurs mémoires soient écrits en langue française.

PRIX TRÉMONT.

L'Académie partage ce prix, de la valeur de *deux mille francs,* entre MM. DESCHÉNAUD, peintre, et L'HOEST, sculpteur, d'une part, et MM. BÜSSER et GÉDALGE, compositeurs de musique, d'autre part.

PRIX GEORGES LAMBERT.

Ce prix est décerné à des artistes ou à des veuves d'artistes comme marque publique d'estime.

L'Académie partage ce prix entre Mmes Colin, Lavidière, Thierry-Ladrange et Chambard.

PRIX ACHILLE LECLÈRE.

Ce prix, de la valeur de *mille francs*, est destiné à l'auteur du meilleur projet d'architecture sur un sujet mis au concours par l'Académie.

Le sujet du concours de 1899 était :

Une salle pour les séances publiques de l'Institut.

Vingt-quatre projets ont été déposés.

L'Académie n'a pas décerné le prix.

Elle a accordé deux mentions honorables : la première à M. Bouvier (François-Victor), et la seconde au projet inscrit sur le n° 16, mais dont l'auteur ne s'est pas fait connaître.

Ce prix sera de nouveau décerné en 1900.

Il ne peut être obtenu qu'une fois par le même concurrent.

PRIX CHARTIER.

Ce prix, de la valeur de *cinq cents francs*, destiné à encourager la musique dite de chambre, en faveur d'un auteur français qui se sera distingué dans ce genre de composition, a été décerné à M. Wiernsberger, compositeur de musique.

Ce prix sera de nouveau décerné en 1900.

PRIX TROYON.

Mme Troyon a fondé un prix biennal à décerner par l'Académie, à la suite d'un concours dont le sujet sera un paysage.

Les concurrents doivent être Français et âgés de moins de trente ans au 1er janvier de l'année du concours.

Les tableaux destinés au concours ne doivent pas être signés. Ils doivent : 1° être marqués d'un signe, d'un mot ou d'une devise, reproduits sur l'enveloppe d'un pli cacheté qui contiendra le nom, l'adresse et l'extrait de l'acte de naissance du concurrent; 2° être encadrés d'une plate-bande dorée (mat), de la largeur de 5 centimètres.

Ils seront reçus au Secrétariat de l'Institut jusqu'au 15 juillet de l'année du concours, à 4 heures.

Les dimensions de la toile seront : largeur, 1^m,50; hauteur, 0^m,90.

Une exposition publique des tableaux aura lieu pendant les deux jours qui précéderont le jour du jugement, et pendant les vingt-quatre heures qui le suivront.

L'Académie avait proposé, pour l'année 1899, le sujet suivant :

La récolte du goémon.

A la chute du jour, sur une plage rocheuse, au pied de falaises dont la végétation descend jusqu'à la mer, des paysans chargent du goémon sur des chariots attelés de bœufs et de chevaux.

Trente-trois tableaux ont été envoyés au concours.

L'Académie a décerné le prix à M. CELLIER (Alphonse). Elle a accordé, en outre, trois mentions honorables : la première, à Mᶫᶫᵉ CALVÈS (Didière-Marie); la seconde, à M. SIMON (Jacques), et la troisième, à M. BERTRAM (Abel).

L'Académie propose pour l'année 1901 le sujet suivant :
Bords d'une rivière où des animaux vont s'abreuver. Effet du soir.

PRIX DUC.

Ce prix biennal est destiné à encourager les *hautes études architectoniques*.

PROGRAMME.

« A tous les âges, l'architecture a été la grande écriture de l'histoire, et celle de notre pays a fidèlement exprimé notre civilisation et nos mœurs, depuis la domination romaine jusqu'au siècle de Louis XIV inclusivement.

« Depuis cette époque, les signes et les formes qui constituent les éléments de cette écriture n'ont pas suivi une marche régulière dans leurs transformations successives. L'esprit de l'art est devenu éclectique au lieu d'être organique, et il subit trop souvent l'influence du goût et des

études historiques qui sont en faveur dans notre société.
Par ce fait, le style de notre architecture n'a plus l'unité
nationale qui caractérisait les époques passées, et il est
menacé d'occuper un rang inférieur dans l'histoire de
notre art.

« Il a donc semblé utile au fondateur de déterminer
autant que possible, par des études spéciales et sous le
patronage de l'Académie, le style et la forme des éléments
de notre architecture moderne.

« Le but de ce concours n'est pas le renouvellement de
ces exercices d'où naissent tous les jours, à l'École des
Beaux-Arts, d'ingénieuses et brillantes compositions ba-
sées sur des programmes souvent complexes.

« Les concurrents, libres dans le choix de leur composition, peuvent présenter les sujets les plus simples : ce
qui leur est particulièrement demandé, c'est qu'en faisant
une juste application de l'architecture à nos mœurs et à nos
usages, ils recherchent la beauté, riche ou simple, des éléments architectoniques ; c'est qu'ils présentent un résultat
d'études qui rappelle les qualités diverses qui, aux belles
époques de l'art, ont conquis l'admiration universelle.

« Afin de bien accentuer la forme, les profils et l'orne-
mentation qui doivent déterminer le style et le caractère
de l'architecture, les concurrents développeront par des
détails, au dixième au moins, les parties de leur composition qu'ils jugeront les plus favorables à cette expression.

« Le plan ou les plans seront à une échelle libre.

« Les élévations et les coupes seront à une échelle de
0^m,02 pour mètre.

« Le concours, qui sera biennal, sera jugé par l'Académie des Beaux-Arts, après une exposition publique.

« Il est ouvert à tous les Français qui justifieront de leur nationalité. Les études couronnées resteront la propriété de l'Académie. »

Nota. — Seront admises pour prendre part au concours les études présentées dans les conditions ci-dessus prescrites, et faites d'après un monument dont l'exécution, par le concurrent, ne remonterait pas à plus de deux années en deçà du terme fixé pour la remise des ouvrages.

Les projets devront être adressés au Secrétariat de l'Institut avant le 1er avril de l'année du concours.

Ce prix sera décerné en 1900.

PRIX JEAN LECLAIRE.

L'Académie a décidé que deux prix de *cinq cents francs,* chacun, seraient décernés tous les ans :

1° *A l'élève de première classe de l'École des Beaux-Arts qui, dans l'année scolaire, aura obtenu le plus grand nombre de valeurs;*

2° *A celui des élèves de l'École des Beaux-Arts qui, passant de la deuxième classe dans la première, aura mis le moins de temps à remplir toutes les conditions imposées, à cet effet, par les règlements.*

En cas d'égalité de temps, le prix serait attribué à l'élève qui aurait obtenu le plus grand nombre de valeurs dans l'ordre suivant :

1° *Sur projets rendus d'architecture ;*
2° *Sur esquisses d'architecture ;*
3° *Sur concours de construction.*

Les élèves qui sont appelés à jouir, cette année, des bénéfices du prix Jean Leclaire sont : MM. Nicod (Charles-Henri), élève de MM. Guadet, Paulin et Deglane, et Petcolesco (Scarlat), élève de M. Paulin.

PRIX CHAUDESAIGUES.

Une somme de *deux mille francs* sera remise, après concours, à un jeune architecte, afin qu'il puisse séjourner pendant deux ans en Italie et y terminer ses études.

Les concurrents devront être Français et n'avoir pas trente-deux ans révolus au 1ᵉʳ janvier de l'année du concours (1).

Lors de sa présentation au concours, chaque candidat prendra l'engagement, que stipule la testatrice, de consacrer, s'il remporte le prix, deux années consécutives à des études en Italie.

A la fin de la première année, le lauréat devra justifier, par la production de son portefeuille, de la nature de ses études. Ladite production, faite à l'Académie des Beaux-Arts, donnera lieu, en cas d'insuffisance ou d'un nombre

---

(1) La limite d'âge, antérieurement fixée à trente ans, a été portée à *trente-deux ans* par décision de l'Académie du 24 février 1894.

trop restreint de notes, dessins, relevés ou croquis, à la suppression de la pension de seconde année.

Ce concours aura lieu de la façon suivante :

Premier concours d'essai.

Tous les jeunes architectes qui auront, au préalable, pris l'engagement dont il est parlé plus haut, entreront en loge pour y faire, en douze heures, une esquisse sur un sujet qui sera donné par la section d'architecture de l'Académie des Beaux-Arts.

Douze esquisses pourront être choisies.

Le concours d'essai est fixé au premier jeudi du mois de septembre.

L'exposition de ces esquisses aura lieu le lendemain vendredi, et le jugement sera rendu par la Section d'architecture le surlendemain samedi.

Deuxième concours.

Les douze concurrents, admis à la suite de ce concours d'essai, entreront en loge le lundi matin pour faire, d'après leurs esquisses, leurs dessins rendus. Ils sortiront de loge le samedi soir de la semaine suivante.

Les concurrents sont tenus d'exécuter leurs projets dans leur loge. L'introduction des études faites au dehors est interdite.

Les dessins rendus seront exposés un jour avant et un jour après le jugement, qui sera rendu le samedi suivant, par l'Académie des Beaux-Arts, dans la forme ordinairement suivie.

Le concurrent choisi devra partir pour l'Italie dans un délai de trois mois après la date du jugement.

Le concours Chaudesaigues aura lieu tous les deux ans.

L'Académie, dans sa séance du 24 février 1894, a ajouté au règlement ci-dessus les dispositions suivantes :

« Le prix étant institué pour compléter les études d'un élève architecte, celui-ci a la faculté de continuer ces études par la recherche de l'obtention du grand prix de Rome et de décider s'il veut les prolonger. Suivant sa décision, il lui sera loisible de profiter immédiatement des avantages de la fondation, au lieu d'ajourner son voyage jusqu'à l'époque où il ne pourrait plus concourir pour le grand prix de Rome (soit, quand il aura plus de trente ans, au 1ᵉʳ janvier).

« Néanmoins, comme le prix Chaudesaigues se partage en deux annuités, le lauréat pourrait toujours faire la première partie de son voyage et recevoir alors la première allocation, puis revenir ensuite tenter la chance du grand prix ; s'il ne l'obtenait pas, il pourrait aller accomplir la seconde année de son séjour en Italie et, en revenant, si toutefois il n'a pas dépassé l'âge réglementaire, se présenter de nouveau au concours du prix de Rome.

« Si, au contraire, il obtient le grand prix de Rome et qu'il n'ait accompli que la moitié de ses obligations et reçu la moitié de la valeur du prix Chaudesaigues, la seconde annuité de ce prix ne lui serait pas délivrée et resterait à la disposition de l'Académie.

« Il va sans dire que si le lauréat n'avait fait aucun voyage et, par contre, n'avait reçu aucune allocation, s'il obtenait le prix de Rome, dans ces conditions, il ne pourrait cumuler, et que la somme entière attribuée au prix Chaudesaigues resterait disponible pour un autre concours.

« En résumé, le lauréat du prix Chaudesaigues aura la faculté : 1° de combiner ses époques de voyage suivant sa convenance ; 2° de concourir au prix de Rome tant qu'il n'aura pas atteint trente ans ; mais il lui est interdit de cumuler les avantages des deux prix si, étant titulaire de l'un, il devient titulaire de l'autre.

« Dans tous les cas, le premier voyage devra avoir une durée minimum de six mois, pendant lesquels le lauréat devra faire les dessins

qui lui sont demandés par l'Académie, et envoyés à l'Institut avant
l'achèvement de la première période de la pension ; faute de quoi, la
seconde annuité de cette pension ne lui serait pas accordée. »

Le prix Chaudesaigues a été décerné en 1899 à M. BRUEL
(Alexandre), élève de MM. Blondel et Scellier de Gisors.
Trois mentions honorables ont été en outre accordées, la
première à M. FAURE-DUJARRIC, la seconde à M. LUCAS et la
troisième à M. MAHIEU.

Le prix sera de nouveau décerné en 1901.

FONDATION DE CAEN.

Conformément au testament de Mme la comtesse de
Caen, les revenus de la fondation ont été répartis, cette
année, entre les pensionnaires de l'Académie de France,
peintres, sculpteurs et achitectes, à leur retour de Rome à
Paris.

PRIX MONBINNE.

Ce prix biennal, de la valeur de *trois mille francs,* sera
décerné à l'auteur de la musique d'un opéra-comique en
un ou plusieurs actes, que l'Académie aura jugé le plus
digne de cette récompense, soit parmi les opéras-comiques
qui auront été représentés pour la première fois dans le
cours des deux dernières années écoulées avant le jour où
le jugement sera rendu, soit parmi ceux qui auront été,
dans les quatre dernières années, soumis à l'examen de
l'Académie à titre d'envois de Rome.

A défaut d'un opéra-comique remarquable, le choix de l'Académie pourra se porter sur une œuvre symphonique, purement instrumentale ou avec chant, et de préférence sur une composition religieuse.

Aucune limite d'âge n'est fixée pour l'obtention du prix Monbinne ; la qualité de Français est la seule exigée des concurrents.

Dans le cas où l'Académie des Beaux-Arts jugerait que l'auteur du livret d'opéra-comique ou des paroles écrites pour les autres compositions sus-indiquées a concouru dans une mesure notable au succès de l'œuvre, l'Académie pourrait attribuer à cet auteur une part du prix ci-dessus, qui ne serait pas inférieure au tiers s'il s'agit d'un opéra-comique, et au quart s'il s'agit d'une des autres œuvres.

Ce prix sera décerné en 1900.

FONDATION DUBOSC.

Par son testament olographe en date du 22 juillet 1859, M. Charles Dubosc a pris les dispositions suivantes :

« Ayant commencé à poser en mil huit cent quatre, à
« l'âge de sept ans, et ayant continué à servir de modèle
« jusqu'à soixante-deux ans, j'ai donc passé ma vie avec
« les artistes les plus distingués sous tous les rapports. Je
« veux qu'après mon décès, la petite fortune que j'ai
« gagnée avec eux soit consacrée à une fondation utile aux
« artistes. En conséquence, j'institue pour légataire uni-
« versel, en toute propriété, l'Institut de France (Académie

« des Beaux-Arts) pour disposer de ma succession de la
« manière suivante : il sera fait emploi, en rentes sur l'État,
« de tout ce qui composera ma succession, et les arré-
« rages de cette rente seront, chaque année, distribués par
« égales portions aux jeunes peintres et aux jeunes sculp-
« teurs reçus en loge pour le grand prix de Rome. Cette
« somme leur sera remise au moment de l'admission en
« loge. »

FONDATION DELANNOY.

Ce prix, de la valeur de *mille francs*, attribué chaque
année à l'élève qui a remporté le grand prix de Rome en
architecture, est décerné à M. GARNIER (Tony).

FONDATION LUSSON.

Ce prix, de la valeur de *cinq cents francs,* délivré tous les
ans à l'élève architecte qui a obtenu le second grand prix
de Rome, est attribué à M. SIROT (Henri).

PRIX ROSSINI.

M. ROSSINI a légué à l'Académie des Beaux-Arts une
rente de *six mille francs,* pour la fondation de deux prix,
de *trois mille francs* chacun, à décerner à la suite d'un concours entre artistes français, le premier à l'auteur d'une
composition de musique lyrique ou religieuse, le second

à l'auteur de l'œuvre poétique destinée à être mise en musique, avec les conditions ci-après :

« L'auteur de la composition de musique lyrique ou religieuse devra s'attacher principalement à la mélodie. L'auteur des paroles, sur lesquelles devra s'appliquer la musique et y être parfaitement appropriée, devra observer les lois de la morale. »

Les œuvres destinées à être mises en musique devront donner lieu à une composition pour deux, trois ou quatre voix, avec ou sans l'adjonction des chœurs, et d'une durée d'exécution d'une heure environ.

L'Académie, dans sa séance du 21 janvier 1899, a rendu son jugement dans le concours ouvert en 1898, pour la production d'une œuvre poétique destinée à être mise en musique. Elle a choisi le poème de M. Paul Collin, intitulé : *Matréna Kotchoubeï.*

En conséquence, l'Académie a déclaré ouvert le concours pour la composition musicale à adapter au poème précité ; il sera clos le 31 décembre 1899.

Dans sa séance du 11 février 1899, l'Académie a rendu son jugement dans le concours ouvert, en 1898, pour la composition musicale. Elle a décerné le prix à M. Max d'Ollone.

Un nouveau concours pour la poésie sera ouvert, s'il y a lieu, en 1900.

Conditions du concours.

Les ouvrages *manuscrits* destinés à concourir devront être déposés ou adressés, *francs de port,* au Secrétariat de l'Institut, avant le terme prescrit, et porter chacun une épigraphe, ou devise, qui sera répétée dans un billet cacheté joint à l'ouvrage, et contenant le nom et l'adresse de l'auteur, qui ne doit pas se faire connaître d'avance. Si quelque concurrent manquait à cette dernière condition, son ouvrage serait exclu du concours.

En ce qui concerne les concours de composition musicale, une réduction *séparée* pour chant et piano devra accompagner la partition d'orchestre.

Les concurrents sont prévenus que l'Académie ne rendra aucune des *œuvres poétiques* destinées à être mises en musique ; mais les auteurs auront la liberté d'en faire prendre des copies. Seules, les partitions seront rendues à leurs auteurs.

Les frais de copie, pour l'exécution de la composition musicale couronnée, sont à la charge du lauréat.

Le prix sera toujours décerné intégralement.

PRIX JEAN REYNAUD.

Ce prix, de la valeur de *dix mille francs,* est destiné à fonder un prix annuel qui sera successivement décerné par chacune des cinq Académies.

Conformément au vœu exprimé par la donatrice, « ce « prix sera accordé au travail le plus méritant, relevant de « chaque classe de l'Institut, qui se sera produit pendant « une période de cinq ans.

« Il ira toujours à une œuvre originale, élevée, et ayant
« un caractère d'invention et de nouveauté.

« Les membres de l'Institut ne seront pas écartés du
« concours.

« Le prix sera toujours décerné intégralement.

« Dans le cas où aucun ouvrage ne paraîtrait le mériter
« entièrement, sa valeur serait délivrée à quelque grande
« infortune scientifique, littéraire ou artistique.

« Il portera le nom de son fondateur Jean Reynaud. »

L'Académie décernera ce prix en 1902.

FONDATION LABOULBÈNE.

Ce prix est distribué tous les ans, par portions égales,
aux élèves peintres admis en loge, et cela à la fin du
concours.

FONDATION CAMBACÉRÈS.

Ce prix, de la valeur de *trois mille francs*, est partagé
également entre les jeunes artistes qui ont remporté le
premier second grand prix de peinture, le premier second
grand prix de sculpture et le premier grand prix de gravure, soit en médailles, soit en taille-douce. Ce dernier
prix n'appartiendra et ne sera remis à l'élève pensionnaire
graveur qu'à son retour de Rome, et s'il a rempli les obligations réglementaires.

Comme sur cinq années il n'y a que quatre concours pour la gravure, l'Académie aura le droit, pour l'année où il n'y a pas d'emploi du prix, soit pour cette cause, soit par suite du décès d'un pensionnaire, soit pour tout autre motif, de décerner le prix à l'élève graveur qu'elle aura jugé digne de cette récompense.

M. GUÉTIN, pour la peinture, M. TERROIR, pour la sculpture, et M. GRÉGOIRE, pour la gravure, ont été appelés, cette année, à jouir des bénéfices de la fondation Cambacérès.

FONDATION PIGNY.

Ce prix, de la valeur de *deux mille francs,* décerné chaque année à l'architecte ayant remporté le deuxième grand prix au concours de Rome, est attribué à M. SIROT.

PRIX DESPREZ.

Ce prix, de la valeur de *mille francs,* est décerné chaque année à une œuvre de sculpture choisie parmi celles que les artistes eux-mêmes auront soumises à l'examen de l'Académie, par une déclaration déposée au Secrétariat de l'Institut un mois au moins avant l'époque fixée pour le jugement, et indiquant, avec leur intention de participer au concours, l'ouvrage ou les ouvrages sur lesquels ils fondent leur demande d'admission, l'Académie pouvant se réserver, d'ailleurs, le droit de décerner le prix même à un ouvrage qui n'aurait pas été indiqué d'avance.

Pour être admis à ce concours, il faut remplir les conditions suivantes :

1° Être Français ;

2° N'avoir pas dépassé l'âge de trente-cinq ans ;

3° Être l'auteur d'un ouvrage ou de plusieurs ouvrages ayant paru soit à Paris, soit sur tout autre point du territoire français dans le cours des deux dernières années.

L'Académie a décerné, cette année, le prix à M. Boucher, pour son ouvrage, exposé au salon de 1899 et intitulé : *Antique et Moderne*.

Ce prix sera de nouveau décerné en 1900.

PRIX HENRI LEHMANN.

M. Henri Lehmann a fondé un prix triennal de *trois mille francs, pour l'encouragement des bonnes études classiques*, en faveur d'un peintre n'ayant pas plus de vingt-cinq ans accomplis et ayant fait dans les trois ans un ouvrage, tableau ou carton achevé, qui, par le choix du sujet, par la composition, le style et l'exécution, *s'éloignera le plus de — et protestera le plus éloquemment contre — l'abaissement de l'art que les doctrines préconisées aujourd'hui semblent favoriser.*

Le tableau restera la propriété de l'auteur.

Ce prix sera décerné en 1901.

PRIX BRIZARD.

Ce prix annuel, de *trois mille francs,* sera décerné à l'auteur d'un tableau à l'huile admis à l'Exposition des Beaux-Arts de Paris, et représentant, la première année *un paysage,* avec ou sans figure, la seconde année, *une marine.*

Le prix sera décerné, en 1900, à l'auteur d'un tableau représentant *un paysage.*

Conformément aux intentions du testateur, le prix ne pourra être décerné qu'à l'artiste français, ou naturalisé tel, qui n'aura pas plus de vingt-huit ans au 1er janvier de l'année de l'Exposition, et qui n'aura pas obtenu du jury des Expositions de Paris une récompense supérieure à la médaille de 3e classe.

Ce prix ne pourra être obtenu qu'une fois par le même concurrent.

L'Académie a décerné, cette année, le prix à M. Camoreyt (Jacques), pour la *marine* qu'il a exposée au Salon de cette année.

PRIX MAXIME DAVID.

Ce prix annuel, de *quatre cents francs,* destiné à récompenser l'auteur de *la meilleure des miniatures présentées aux Expositions nationales des Beaux-Arts,* a été décerné, cette année, à Mlle Cécile de Chaussé pour les miniatures qu'elle a envoyées au salon cette année.

Ce prix sera de nouveau décerné en 1900. Il ne pourra être décerné plus de *deux fois* au même concurrent.

FONDATION ANASTASI.

L'Académie a attribué la pension viagère instituée par
M. Anastasi à M. Metzmacher.

***

PRIX EUGÈNE PIOT.

M. Eugène Piot, par testament du 18 novembre 1889,
a légué à l'Académie des Beaux-Arts une rente annuelle de
deux mille francs, destinée à récompenser alternativement
une production de peinture et de sculpture, représentant
un enfant nu de huit à quinze mois. « J'ai remarqué, dit
« le testateur, que la représentation de ces enfants avait
« surtout donné à l'École florentine une grande partie de
« ses délicatesses, et qu'il était bon d'incliner nos artistes
« à représenter des enfants. »

L'Académie a décerné le prix, destiné cette année à
une production de peinture, à Mlle Delasalle, pour son
tableau intitulé : *Bébé dort.*

L'Académie décernera, s'il y a lieu, en 1900, le prix à
une production de sculpture.

***

PRIX KASTNER-BOURSAULT.

Par son testament en date du 6 janvier 1880, Mme Bour-
sault, veuve Kastner, a légué à l'Académie des Beaux-Arts
une somme suffisante pour la fondation d'un prix triennal

de *deux mille francs*, destiné à récompenser « le meilleur
« ouvrage de littérature musicale paru dans la période
« triennale du concours, et qui, fait en France ou à
« l'étranger, traitera de l'influence de la musique sur le
« développement de la civilisation dans la vie publique et
« dans la vie privée ».

Ce prix sera décerné en 1900.

Les étrangers pourront prendre part à ce concours,
pourvu que leurs ouvrages soient écrits en langue française.

PRIX ANTOINE-NICOLAS BAILLY.

M. Bailly, membre de l'Institut, par son testament en
date du 25 août 1889, a légué à l'Académie des Beaux-
Arts une somme de *cinquante mille francs*, pour la fondation d'un prix dont il chargeait la Section d'architecture
de cette Académie de déterminer l'objet.

Conformément aux propositions de la Section, l'Académie a décidé que ce prix, d'une valeur de *quinze cents
francs* environ, sera décerné intégralement, chaque année,
à un architecte, pour l'une de ses œuvres, construite et
achevée, ou à l'auteur d'un ouvrage sur l'architecture publié (texte ou planches gravées).

Ces œuvres ou publications ne pourront remonter à
plus de six années précédant la date de l'ouverture du
concours.

Le prix sera alternativement attribué dans les rapports

suivants : deux fois (et consécutivement) pour des œuvres construites, une autre fois pour des publications.

Les auteurs devront être Français.

Dans le cas où le prix ne serait pas décerné une année, le concours serait prorogé à l'année suivante.

Le prix destiné, cette année, à une publication sur l'architecture a été décerné à M. FAURÉ, architecte, pour ses publications sur *le Canon et le Sentiment des proportions dans l'architecture moderne et antique.*

Le prix sera décerné, en 1900, à un architecte pour l'une de ses œuvres, construite et achevée.

PRIX MAUBERT.

Par son testament en date du 11 juillet 1888, M. MAUBERT (Henri) a légué toute sa fortune à la commune de Vieil-Baugé (Maine-et-Loire), à charge par elle de remettre :

« 1° Tous les cinq ans, une somme de *deux mille francs* à « l'élève qui aura obtenu, après concours pour la peinture, « le prix de Rome ;

« 2° Tous les cinq ans également, pareille somme de « *deux mille francs* à l'élève qui aura obtenu, après con-« cours pour la sculpture, le prix de Rome. »

Ces deux prix seront décernés en 1900, et, conformément à la décision prise par l'Académie le 7 avril 1894, ils seront attribués au lauréat du meilleur des concours de Rome qui auront eu lieu, soit pour la peinture, soit pour la sculpture, dans la période quinquennale déterminée par le testateur, c'est-à-dire de l'année 1893 à 1897 inclusivement.

PRIX HOULLEVIGUE (5 000 fr.).

M. Houllevigue (Adrien-Stanislas) a, par son testament
en date du 30 mars 1880, légué à l'Institut de France un
titre nominatif de *cinq mille francs* de rente 3 p. 100, à l'effet de fonder un prix annuel de pareille somme « qui devra
« porter son nom, et qui sera décerné, à tour de rôle, par
« l'*Académie des Sciences* et l'*Académie des Beaux-Arts* ».

L'Académie des Beaux-Arts, dans sa séance du 25 février 1893, a, en ce qui la concerne, arrêté le programme
et les conditions du prix dans les termes suivants :

« 1° Ce prix de cinq mille francs, qui est biennal, ne
« pourra être partagé ;

« 2° Il ne pourra être décerné qu'à des artistes ou à des
« écrivains français n'appartenant pas à l'Institut ;

« 3° Il sera attribué par l'Académie des Beaux-Arts, soit
« à l'auteur d'une œuvre remarquable produite dans le
« cours des quatre dernières années, en peinture, sculp-
« ture, architecture, gravure ou composition musicale,
« soit à un ouvrage sur l'Art ou l'histoire de l'Art, avec
« ou sans planches, publié dans le même délai ;

« 4° Une commission mixte, composée de douze membres
« de l'Académie des Beaux-Arts, soit deux pour chaque
« section, et deux membres libres, sera chargée de recher-
« cher les œuvres qui pourront être l'objet de ces propo-
« sitions. »

L'Académie a décerné, cette année, le prix à M. Mayeux,

architecte, pour son ouvrage intitulé : *Fantaisies archi-tecturales*.

Ce prix sera décerné de nouveau en 1901.

FONDATION JOSEPH SAINTOUR (3 000 fr.).

Par son testament en date du 16 novembre 1887, M. Joseph SAINTOUR a légué à l'Académie des Beaux-Arts la somme nécessaire pour la fondation d'un prix annuel de *trois mille francs* environ, qui devra porter son nom.

Le testateur, ayant laissé à l'Académie la liberté de déterminer l'objet de sa fondation, l'Académie, dans sa séance du 22 juillet 1893, en a arrêté ainsi qu'il suit le programme et les conditions :

« Cette fondation portera le nom de Fondation Joseph « SAINTOUR.

« Les trois mille francs provenant de ce legs seront remis « au pensionnaire graveur, à son retour de Rome, à la « condition expresse qu'il ait rempli strictement toutes « ses obligations envers l'État. Quand ce prix ne sera pas « décerné, ou quand, par suite d'infraction à la condition « ci-dessus stipulée, il tombera en déshérence, l'Académie « des Beaux-Arts disposera de la somme en faveur d'un « graveur français en taille-douce ou d'un graveur en mé-« dailles, quel que soit son âge. »

Ce prix sera décerné en 1900.

FONDATION JOSEPH PINETTE.

M. Joseph PINETTE, par son testament en date du 22 janvier 1888, a pris les dispositions suivantes :

« Désirant encourager les jeunes gens qui se consa-
« crent à la composition musicale et voulant les aider dans
« les débuts difficiles de leur vie d'études, je donne et
« lègue, à titre particulier, à l'Institut de France, pour
« l'Académie des Beaux-Arts, la somme nécesssaire afin de
« constituer *douze mille francs* de rente 3 p. 100 sur l'État
« français.

« Cette rente sera divisée en quatre parties égales de
« *trois mille francs* chacune, qui seront servies durant
« quatre années consécutives aux pensionnaires musiciens
« de l'Académie de France, dès qu'ils auront terminé leur
« temps de pension, tant à Rome que dans les autres pays
« qui leur sont indiqués par les règlements.

« Les susdits pensionnaires musiciens ne jouiront de
« cette rente que s'ils ont rempli, durant toute la durée
« de leur pension, toutes leurs obligations envers l'État.

« Cette condition est de rigueur, et si un pensionnaire
« n'avait pas rempli ces obligations, l'Académie des Beaux-
« Arts ferait de la rente dont il se serait rendu indigne
« tel usage qu'elle jugerait convenable, en faveur d'un ou
« de plusieurs autres musiciens. Il en serait de même au
« cas où le bénéficiaire de l'une desdites rentes croirait
« devoir y renoncer à raison de sa situation de fortune
« personnelle.

« Cette dotation devra porter le nom de Fondation Joseph
« Pinette. »

M. Henri Rabaud, grand prix de composition musicale,
en 1894, ayant rempli toutes ses obligations envers l'État,
a été déclaré apte à recevoir la pension instituée par
M. Pinette.

PRIX ESTRADE-DELCROS.

M. Estrade-Delcros, par son testament en date du
8 février 1876, a légué toute sa fortune à l'Institut. Le
montant de ce legs devra être partagé, par portions égales,
entre les cinq classes de l'Institut, pour servir à décerner,
tous les cinq ans, un prix sur le sujet que choisira chaque
Académie.

Ce prix, de la valeur de *huit mille francs,* sera décerné
par l'Académie des Beaux-Arts à une œuvre appartenant
soit à l'un des arts du dessin (peinture, sculpture, architecture, gravure en taille-douce, gravure en médailles), soit
à l'art de la composition musicale, qui aura été produite
dans le cours des cinq dernières années et que l'Académie
aura jugée particulièrement digne d'être signalée au
public.

Le prix Estrade-Delcros, qui ne devra en aucun cas
être partagé, ne sera attribué qu'à des artistes français
n'appartenant pas à l'Académie des Beaux-Arts.

L'Académie a décerné, cette année, le prix à M. Dagnan-
Bouveret, pour son tableau intitulé : *La Cène.*

Le prix sera de nouveau décerné en 1904.

PRIX JEAN-JACQUES BERGER.

Ce prix, de la valeur de *douze mille francs,* doit être décerné par chacune des Académies *à l'œuvre la plus méritante concernant la ville de Paris.* Il sera décerné en 1900, par l'Académie des Beaux-Arts, à une œuvre d'art relative à l'histoire de Paris, servant à la décoration de Paris ou intéressant la renommée artistique de Paris.

Les concurrents devront justifier de leur qualité de français.

PRIX JARY.

Ce prix a été institué en faveur du pensionnaire architecte qui, avant de quitter l'Académie de France à Rome, aura rempli toutes les obligations imposées par le règlement.

PRIX DE L'ÉCOLE DES BEAUX-ARTS.

FONDATIONS DE CAYLUS ET DE LA TOUR.

Le prix de Caylus a été décerné, dans la Section de peinture, à M. Roger (Louis), élève de MM. Jules Lefebvre et Benjamin-Constant; et, dans la Section de sculpture, à M. Vermare (André-César), élève de MM. Falguière et Marqueste.

Le prix de La Tour a été décerné à M. Jacquot-Defrance (Laurent), élève de M. Bonnat.

GRANDES MÉDAILLES D'ÉMULATION.

Une grande médaille d'émulation est attribuée aux élèves de l'École des Beaux-Arts qui, dans chacune des sections de peinture, de sculpture, d'architecture et de gravure, auront compté dans le courant de l'année le plus grand nombre de succès. L'Académie s'est associée à cette pensée, et elle a décidé que les noms des élèves qui auraient obtenu ces médailles seraient proclamés en séance publique.

Ces jeunes artistes sont :

MM. Jacquot-Defrance (Laurent), élève de M. Bonnat, et Prat (Marie-Henri-Raoul-Louis), élève de MM. Aimé Morot, Henner, Thirion et Flameng;
Bouchard (Louis-Henri), élève de M. Barrias;
Nicod (Charles-Henri), élève de MM. Guadet, Paulin et Deglane.

PRIX ABEL BLOUET.

Ce prix, décerné chaque année à l'élève de la première classe d'architecture qui a obtenu le plus de succès depuis son entrée à l'École, a été décerné à M. GARNIER (Tony), élève de MM. Blondel et Scellier de Gisors.

PRIX JAY.

Ce prix, attribué tous les ans à l'élève qui a obtenu le premier rang dans le concours de construction, a été obtenu, cette année, par MM. SCHILLIO (Jacques-Henry), élève de M. Redon, et TURIN (Albert-Léon), élève de M. Paulin.

NOTICE HISTORIQUE

SUR LA VIE ET LES TRAVAUX

DE

M. CHARLES GARNIER

MEMBRE DE L'ACADÉMIE

PAR

M. GUSTAVE LARROUMET

SECRÉTAIRE PERPÉTUEL DE L'ACADÉMIE

Lue dans la séance publique annuelle du samedi 4 novembre 1899.

Messieurs,

L'hommage public que votre Secrétaire perpétuel doit rendre chaque année à l'un des confrères que nous avons perdus, ne saurait être partagé. Les existences d'artistes sont si pleines que, pour être complet, leur récit ne peut en embrasser qu'une.

Plusieurs fois, après des périodes chargées de deuil, mes prédécesseurs ont dû regretter cette loi de leur mission annuelle. Ils auraient voulu ne pas faire attendre le tribut de notre reconnaissance et de notre affection à la mémoire de ceux qui nous honoraient et que nous aimions. Ce regret n'a jamais pu surpasser en vivacité celui que j'éprouve en ce moment.

En moins d'un an, en effet, la mort nous a enlevé deux hommes dont l'un était une fierté pour notre Compagnie et l'autre son organe essentiel : Charles Garnier, l'artiste égal aux plus grands, un de ces noms que l'histoire de l'art inscrit à jamais dans ses fastes; le comte Henri Delaborde, notre Secrétaire perpétuel durant vingt-quatre ans, un de ces hommes rares en lesquels s'applique la définition complète du plus beau mot qui existe, celui de « vertu », et qui incarnent l'esprit d'un corps en lui communiquant leur propre noblesse.

Ils nous ont laissé une douleur égale, car nous les aimions également, Charles Garnier d'une affection familière, car la simplicité cordiale de ses manières repoussait toute solennité; le comte Delaborde d'une affection respectueuse, car tout en lui, avec une simplicité égale, imposait la vénération. Dans notre famille académique, l'un était un grand frère et l'autre un aïeul.

Auquel des deux payer d'abord notre dette d'affection et de reconnaissance? Je me résigne à suivre l'ordre que la mort elle-même a marqué et je vais essayer de retracer devant vous la vie et les travaux de Charles Garnier.

I

La France est assurément entre tous les pays d'Europe le plus cohérent et le plus divers par la fusion des éléments qui l'ont formé. De Dunkerque à Marseille, sous les brumes

du Nord et l'azur du Midi, la fermeté et la souplesse, le
sérieux et la gaieté, la raison et l'esprit de chaque province
unissent leurs dissonances dans l'harmonie. Mais souvent,
sur cette terre diaprée, une plante délicate, forte et rare,
s'élève, dont l'origine semble un paradoxe géographique.
Un type surgit qui rappelle de manière saisissante et im-
prévue un détail particulier du merveilleux roman qu'est
notre histoire.

Le 6 novembre 1825, au cœur du Paris populaire, rue
Mouffetard, d'un père Jean-André Garnier, originaire de
Challes, dans le Maine, et d'une mère Louise-Françoise-
Félicité Colle, fille d'un Lorrain, capitaine du premier
Empire, naissait un enfant, qui recevait les prénoms de
Jean-Louis-Charles, et devait illustrer le nom de Charles
Garnier (app. I). Rappelez-vous, Messieurs, notre confrère, depuis les premiers souvenirs des compagnons de
sa jeunesse jusqu'à la dernière impression qu'il nous ait
laissée; reportez-vous à l'admirable portrait, dans lequel
Baudry le représentait en pleine vigueur de jeunesse et
la médaille non moins admirable où notre ami Chaplain
fixait sa maturité déjà touchée par la vieillesse commen-
çante ; mettez entre les deux le buste si vivant qu'a mo-
delé Carpeaux. Devant cette maigreur nerveuse, ce visage
aux traits nets, ce teint basané, ce nez en bec d'aigle, cette
chevelure moutonnante, devant cet aspect d'Abencerage,
il était impossible de ne pas songer à ces Sarrazins que
Charles Martel écrasait à Poitiers, mais pas avant qu'ils
n'eussent jeté racine dans notre pays.

A cet aspect oriental, répondait une âme de feu, ar-
dente et vibrante, mais tempérée par la réflexion et la

méthode de l'Occident. Toute sa vie, Garnier commencera par le sentiment et continuera par l'étude (1).

Son père et sa mère étaient de fort petites gens, le père un forgeron, qui devait s'élever au rang de constructeur de « coucous », les petites voitures qui faisaient le trajet de Paris à Sceaux, la mère une ouvrière en dentelles. C'étaient aussi de fort braves gens et les deux choses vont souvent ensemble. A étudier plusieurs de ces existences modestes, où se dépensent beaucoup d'énergie et de droiture, j'ai souvent pensé à la fière réponse d'un personnage de roman anglais, un meunier, qui peu à peu avait acquis l'aisance : « Enfin, lui disait son fils, nous allons être des *gentlemen.* — Mon fils, répondait le père, nous l'avons toujours été. »

De la rue Mouffetard, le ménage du forgeron-carrossier s'était transporté rue Monsieur-le-Prince, puis rue Mazarine, à quelques pas de la coupole qui devait un jour abriter la gloire du fils. En attendant, le garçonnet, destiné par son père au même métier que lui, tirait le soufflet de la forge. Il ne recevait d'autre instruction que celle des écoles primaires, d'abord à Paris, puis à Bellesme, dans l'Orne, où ses parents l'avaient envoyé passer deux ans, pour raffermir sa santé délicate.

Cependant, la mère s'inquiétait du rude labeur imposé à l'enfant. Par hasard, la bonne femme avait entendu parler d'une profession relevée et opulente, dont l'accès n'était pas impossible avec un peu d'étude, celle d'archi-

---

tecte vérificateur : on y gagnait des six francs par jour !
La tendresse et l'ambition la poussant, elle obtenait que
le petit Charles fût envoyé le soir aux cours de l'École de
dessin de la rue de l'École-de-Médecine, aujourd'hui
l'École nationale des Arts décoratifs. A l'École primaire
Demoyencourt, il avait fait la connaissance de notre confrère, le sculpteur Jules Thomas, auquel l'unissait dès lors
une amitié qui devait durer autant que sa vie, car ils ne
se séparèrent plus et se suivirent à l'École des Beaux-
Arts, à la Villa Médicis et à l'Institut. A l'École de dessin,
il avait rencontré Carpeaux, le futur auteur du groupe
de *la Danse* à l'Opéra, mais ses relations avec lui se bor-
naient alors à le battre dans un concours de modelage.

Muni d'un peu de dessin et de mathématiques, Charles
Garnier se faisait admettre à quinze ans dans un atelier
d'architecture, dont le patron l'employait à mettre son
vin en bouteilles. Il passait de là dans l'atelier Léveil,
où se donnait un solide enseignement, puis dans l'atelier
Lebas. Celui-ci était un maître de l'architecture contemporaine, mais, au dire de notre confrère, sa direction se
bornait à répéter devant chaque élève, en faisant sa tour-
née de correction : « Continuez! » Pourtant, il était bon
prophète, car il aurait dit à la mère de Garnier : « Votre
fils sera un prix de Rome. »

Garnier déclarait lui-même que son vrai maître à l'atelier Lebas, ce fut son camarade André, son aîné de six
ans : André annonçait déjà la puissance de conception,
l'esprit pratique, la robuste élégance qui devaient pro-
duire les grandes galeries du Muséum.

A dix-sept ans, en 1842, Garnier était admis à l'École

des Beaux-Arts. C'était enfin pour lui la véritable entrée dans la carrière d'artiste, mais ce grand bonheur coïncidait avec une catastrophe domestique : l'ouverture du chemin de fer de Sceaux ruinait le fabricant de coucous ! Et comme la naissance d'un petit frère venait d'augmenter les charges de la famille (1), l'élève architecte dut s'ingénier pour gagner les vingt francs payés chaque mois à l'atelier Lebas. Il se mettait donc à « faire la place », comme on dit, pour quinze sous l'heure. Il travaillait notamment chez Viollet-le-Duc, qui commençait à former une école nouvelle, avec un plan de campagne arrêté.

Archéologue d'une vaste science, dessinateur de premier ordre, restaurateur redoutable, caractère impérieux, Viollet-le-Duc se proposait de sauvegarder nos monuments historiques, ce qui est un grand bien, de les relever de leurs ruines en les ramenant à leur splendeur première, ce qui est une grosse erreur, car on substitue par là des pastiches à l'œuvre des hommes, de l'histoire et du temps, enfin et surtout de réagir contre l'influence gréco-romaine, qui dominait dans l'école française. Ceci était la plus chimérique des utopies. Il ne s'agissait de rien moins, en effet, que de remonter le courant de la civilisation française, de ressusciter un art mort avec la société dont il était l'expression, de détruire l'œuvre de la Renaissance. Pour mener à bien pareille entreprise, il n'eût fallu rien moins que le pouvoir de Dieu, et Viollet-le-Duc ne put mettre au service de ses idées que la faveur du second Empire.

(1) Ce frère, élevé et soutenu par son aîné, devait mourir en pleine jeunesse, après avoir causé de grands soucis à Charles Garnier et en lui laissant un profond chagrin.

Il n'en est pas moins curieux de voir ainsi l'un près
de l'autre, à l'état de maître et d'élève, le chef de
l'école gothique, ou mieux ogivale, ou encore nationale, comme elle s'intitulait modestement, et celui qui,
sans aspirer le moins du monde à la tyrannie, comme
disaient les anciens, devait être en ce siècle le maître
incontesté de notre architecture, aussi française que l'autre
et qui s'est attestée par des chefs-d'œuvre, tandis que
l'autre n'a guère laissé qu'un système. Le maître et
l'élève se rencontreront vingt ans plus tard, dans une
rivalité décisive, la construction du nouvel Opéra, et pour
la gloire de l'art français, c'est l'élève qui vaincra.

En attendant, Garnier apprenait du moins à cette école
la connaissance d'un art glorieux, quoique mort, et qu'il
faut honorer, s'il ne faut pas l'imiter. Plus tard, devenu
critique, il jugera son ancien maître et ses théories. Il le
fera avec une estime respectueuse et une franchise hardie.
Il louera la « connaissance profonde de l'architecture
du moyen âge, le talent d'écrivain, l'habileté surprenante
de dessinateur », que l'on ne saurait contester à Viollet-
le-Duc, mais il le plaindra de son impuissance. Il lui de-
mandera où sont ses créations, ses œuvres, ses édifices. Il
conclura par une déclaration éloquente et qui n'a pas
cessé d'être vraie :

Si nous étudions le grec, si nous étudions les monuments de l'antiquité, nous ne les copions pas ; nous y cherchons des préceptes
et des exemples, mais nous cherchons aussi en nous un sentiment
et une volonté ; nous regardons, mais nous créons. Que font alors
ceux qu'on nous oppose? Au lieu de prendre le principe et l'essence
des édifices, ils les imitent ; ils voient, mais ils reproduisent ; ils en

cherchent pas, ils immobilisent! De quel côté est la vie et le mouvement? qui faut-il encourager, le penseur ou le copiste ?

Oh ! je sais bien que ceux-ci se retranchent derrière un grand mot : celui d'architecture nationale! Mais qu'est-ce donc que votre architecture nationale? Pourquoi plutôt celle-là qu'une autre? Pourquoi plutôt le Moyen âge que la Renaissance? Est-ce que votre littérature est celle de Froissard, de Montaigne ou celle de Voltaire? Est-ce que votre souverain national est Charlemagne, saint Louis ou Napoléon? Toutes nos productions font l'histoire de la France, comme tous nos grands hommes en font la gloire. Je revendique tous les génies de mon pays, et je n'en exalte pas un aux dépens des autres (1).

En attendant de voir aussi clair dans ses idées et ses préférences, le petit sous-aide de Viollet-le-Duc se préparait au concours de Rome, ce *delenda Carthago* de l'école médiéviste. Admis en loge au concours de 1846, il échouait, recommençait l'année suivante, sans obtenir d'être logiste, et enfin, en 1848, obtenait le premier grand prix. Il était temps. La famille du lauréat, de plus en plus besogneuse, ne pouvait plus le soutenir et, s'il avait échoué, elle aurait dû le mettre en demeure de gagner sa vie.

Aussi, quelle angoisse pendant la bataille et quelle joie après la victoire! Garnier était déjà aussi prompt au découragement qu'à l'espérance. Seul des huit concurrents, pour traiter le sujet du concours, — un Conservatoire des Arts et Métiers, — il avait adopté un certain parti de composition, alors que les sept autres concurrents avaient choisi le parti contraire. La majorité devait être dans le vrai et lui dans le faux.

---

(1) Charles Garnier, *A travers les Arts*, p. 47 et 51.

Le jour du jugement, il attendait dans la cour de l'École, le cœur serré et l'œil fixé sur la fenêtre de la salle où siégeait le jury. Un surveillant, qui lui voulait du bien, lui avait promis de soulever le rideau si le jugement lui était favorable. Tout à coup, le rideau se soulève, mais le pauvre candidat avait les yeux si brouillés par l'émotion qu'il ne voyait pas le signal. Il fallut les cris de joie de ses amis pour l'éclairer enfin, et il partit en courant, pour embrasser sa mère.

Il avait été devancé. La famille savait la nouvelle et pleurait de joie. Un brave homme, un cocher de fiacre, lié avec le constructeur de coucous, était au courant, comme tout le quartier, de ce qu'attendait le fils Garnier. Il s'était posté en vedette devant l'École, sur son siège, les rênes prêtes et le fouet à la main. Au signal de la fenêtre, il partait au galop et, à la porte du forgeron, il lui annonçait la victoire par un de ces claquements de fouets en fanfare que savent exécuter les virtuoses de cet instrument.

Fraternité des humbles! Nous avons tous des motifs de rancune contre les cochers de fiacre, mais, pour quelques traits pareils, nous leur pardonnerions beaucoup.

II

Les anciens lauréats du prix de Rome, ceux qui gagnaient l'Italie par le long voyage en voiture (1), à la façon

---

(1) Les compagnons de Charles Garnier, dans ce voyage fait en commun par les lauréats de chaque concours, selon la tradition et les règlements,

de Montaigne et du président de Brosses, de M. de Van-
dières et de Cochin, de Stendhal et de Musset, ceux-là
ont conservé jusqu'à leur dernier jour l'impression d'un
enchantement, et d'un enchantement subi à l'âge où, frais
et neufs, les yeux, l'esprit et le cœur s'ouvrent tout
grands à la nature et à l'art, à la vie et à la beauté. Ils
n'avaient encore rien vu et la France se déroulait devant
eux, la France auguste et charmante, si vieille et toujours
jeune, avec ses villes, ses forêts, ses fleuves, ses montagnes. Dès Vienne et Valence, la Provence s'étendait,
ouvrant sous le soleil, aux bords du Rhône, son musée
gréco-romain. C'étaient Orange avec son théâtre de géants,
Arles avec ses arènes et le cimetière des Alyscamps, Marseille, fille de Phocée et porte de l'Orient, ouverte sur
la mer bleue, que couvrait une forêt de mâts, tandis que,
là-bas, au loin, des navires semblaient voler dans l'air vers
le port, comme soulevés par de blanches ailes.

Puis, c'était la route de la Corniche, le long des oliviers
d'argent et des rochers de pourpre, puis l'Italie, à
laquelle Gênes et ses palais faisaient un portique de
marbre. Désormais, pour toujours, les jeunes voyageurs se
rediraient avec le poète :

> Tu les as vus, les vieux manoirs
> De cette ville aux palais noirs
> Qui fut Florence.
>
> . . . .

étaient Jules Thomas, sculpteur; Chabaud, graveur en médailles ; Deveaux,
graveur en taille-douce; Duprato, compositeur de musique. Le prix de
peinture n'avait pas été décerné cette année-là. Il fut obtenu l'année suivante par Gustave Boulanger, que Garnier regarda comme « son peintre »,
ainsi que disent les pensionnaires de la Villa Médicis.

Tu l'as vu, ce fantôme altier
Qui jadis eut le monde entier
    Sous son empire.

. . . .

Tu t'es bercé sur ce flot pur
Où Naple enchâsse dans l'azur
    Sa mosaïque (1).

Je ne crois pas, Messieurs, que le voyage d'Italie ait jamais stérilisé les germes du talent ou du génie ; je suis même certain qu'il en a fécondé beaucoup et pour Garnier plus que pour aucun autre. Sur cette terre de lumière et de couleur, comblée par la nature et l'art, le jeune architecte, né et grandi sous le ciel du Nord, se sentit à l'aise comme dans une patrie retrouvée.

Il se mettait à l'œuvre avec cette ardeur passionnée qu'il apportait en toutes choses et à laquelle le séjour de Rome et de l'Italie procurait un aliment d'enthousiasme sans fin. Il se mettait à regarder, à dessiner, à mesurer ; il passait, avec une curiosité insatiable, d'un monument à l'autre, voulant tout voir d'un seul coup, puis revenant avec réflexion et en détail vers chaque édifice. Fort ignorant, il se faisait au jour le jour l'instruction qui lui manquait, comme un soldat qui s'équipe en marchant. Quant au sentiment des merveilles romaines, à la poésie que dégage cette terre où chaque grain de poussière est de l'histoire ou de l'art, il les éprouvait à un degré singulièrement vif. Vous en jugerez par ces lignes si simples et si émues, qu'il écrivait plus tard, en souvenir de la voie Appienne : « La campagne romaine, qui s'étend solitaire

---

(1) ALFRED DE MUSSET, *A mon frère revenant d'Italie.*

à l'entour, les longues files d'aqueducs brisés, les montagnes bleuâtres du fond, tout donne à cet endroit un aspect étrange et sauvage, et, lorsque la nuit descend et que sonne l'*Angelus,* on se trouve saisi d'une crainte charmante et d'une douce terreur (1). »

Il y a là un souvenir, non seulement du spectacle saisissant qui commence au tombeau de Cecilia Métella, mais encore d'un vers de Boileau :

> Une douce terreur, une pitié charmante.

Vraiment, si le voyage d'Italie ne devait avoir d'autre résultat que de faire sortir une telle émotion de cet *Art poétique,* qui fut si longtemps notre catéchisme littéraire, il ne faudrait pas hésiter à le faire.

Charles Garnier restait cinq ans en Italie, sans retourner en France une seule fois. A cette époque de diligences, les membres de l'Institut ne rencontraient pas encore sur le boulevard, où le chemin de fer les amène en trente heures, les pensionnaires qu'ils croient pieusement à la Villa Médicis. Il travailla beaucoup, non seulement à Rome, mais à Florence, où les événements de 1849, en lui faisant quitter le Pincio avec tout le personnel de l'Académie, lui permirent de séjourner longuement ; dans toute la Toscane, dont l'architecture, avec celle de Venise, est la plus originale de l'Italie moderne ; à Corneto, où il put étudier longuement l'art étrusque, encore peu connu. En attendant de voir Saint-Marc, ses coupoles et ses mosaïques. devant Sainte-Marie de la Fleur et le campanile de Giotto.

---

(1) CHARLES GARNIER, *A travers les Arts,* p. 15.

les cathédrales de Pise et de Sienne, il admirait dans ses re-
vêtements polychromes cette architecture colorée, chaude,
vibrante à l'œil. Il se préparait à devenir lui-même un fer-
vent du marbre et de la mosaïque, un rénovateur des monuments français par la couleur, un « Véronèse de l'architecture », comme on l'a joliment et justement dit.

Il voyait aussi la Grande-Grèce et la Sicile en détail,
grâce au duc de Luynes, qui se l'attachait pour rechercher
les monuments funéraires de la maison d'Anjou. Il les
dessinait, les peignait et les cotait sur place. Un grand
travail d'architecture et d'histoire aurait pu sortir de ce
voyage, mais la mort du duc de Luynes n'a pas permis
d'en publier les résultats. Du moins, grâce à la veuve de
notre confrère, les minutes de ses relevés, offerts à la Bibliothèque de l'École des Beaux-Arts, sont-ils désormais à la
disposition des travailleurs et ils en profitent dès maintenant (app. II).

Comme travaux réglementaires, il s'acquittait exactement
de ses envois, par les relevés du Forum de Trajan et du
Temple de Vesta à Rome, et du Temple de Sérapis à
Pouzzoles, tous consciencieux et intéressants, le dernier
d'une valeur exceptionnelle.

Entre temps, il goûtait avec bonheur le double charme
de la vie romaine et de l'existence que mènent les pensionnaires de la Villa. Il se remplissait les yeux de formes et de
couleurs dans les fêtes brillantes que donnait alors l'aris-
tocratie romaine, où les costumes ecclésiastiques, les uni-
formes diplomatiques et militaires, les toilettes féminines
se mêlaient, avec un sentiment inné de pompe et de noblesse, avec un caractère tout spécial et, pour tout dire

— 58 —

d'un mot, romain. Ce complément d'éducation n'était pas
inutile au futur architecte de l'Opéra.

Dans cette âme de grand artiste, sommeillait toujours,
prompt au réveil, un incorrigible gamin de Paris. Il y
avait en lui, voisinant avec le sentiment le plus élevé du
beau, un rapin, un chansonnier et un vaudevilliste. Dans
les soirées de l'Académie, aux bals du carnaval, le rapin
imaginait des paillons et des verroteries, surtout de somp-
tueux colliers en marrons dorés, qui sont restés célèbres;
après les dîners du directeur, le chansonnier tournait, dans
le goût de Duvert et Lauzanne, des couplets malicieux et
innocents, où le vaudevilliste faisait, à la française, la leçon
au pouvoir. De tout cela le souvenir subsiste dans cet « album
des pensionnaires » qui ne doit jamais s'ouvrir devant les
profanes. Je puis dire, cependant, qu'il y a là des trésors
d'invention plaisante et de vive observation, car les successeurs de Garnier, traitant en camarade d'abord le
Directeur des Beaux-Arts, puis le Secrétaire perpétuel de
l'Académie, ont bien voulu entr'ouvrir l'album devant
lui.

Charles Garnier quittait l'Italie pour la Grèce, après en
avoir épuisé les impressions diverses (1). Il ne lui avait
même pas manqué l'aventure désirée et redoutée par tous

---

(1) Garnier ne perdra jamais le souvenir reconnaissant de Rome et de la
Villa Médicis. Il a cela de commun avec tous les anciens pensionnaires,
mais tandis que la plupart, saisis à leur retour par la vie parisienne, y
reviennent peu ou point, il y a fait de nombreux pèlerinages. Il écrivait :
« Ma sympathie ne se dément pas pour ma douce Villa et pour ma chère
Italie, et chaque année je vais y chercher quelques heures de foi et de
courage, et me mettre dans le cœur et dans les yeux quelques chauds
rayons de couleur. » (*A travers les Arts*, p. 13 et 14.)

les touristes, une rencontre avec les brigands. Il pouvait
répondre oui à la question du poète :

> Les brigands t'ont-ils arrêté
> Sur le chemin tant redouté
> De Terracine?

Pour lui, c'est près de Viterbe, en compagnie de l'architecte Félix Thomas, qu'il avait rencontré Fra Diavolo.
A plat ventre et le nez contre terre, sur l'injonction des
brigands, notre gamin de Paris n'avait pu se tenir de risquer un œil, pour voir comment ils opéraient et, par une
inspiration de parade italienne, Gavroche avait soustrait
à leurs recherches une montre d'argent et trente sous. Ce
pécule permit aux deux pensionnaires de regagner Rome
à pied, sans mourir positivement de faim.

Cette aventure, famine comprise, n'était pas une mauvaise préparation au voyage de Grèce, pays des *klanis*
primitifs et d'Hadji-Stavros, le roi des montagnes. Il n'y
eut pas maille à partir avec les brigands, mais dans le
voyage du Péloponèse, en compagnie d'Edmond About
qui l'a raconté (1), et du peintre Alfred de Curzon, surtout
dans son séjour à l'île d'Égine, il dut mener une existence
d'anachorète, et le récit qu'il en a fait est spirituel comme
un chapitre de la *Grèce contemporaine* (2). Ici, une beauté
nouvelle s'offrait à lui, image de la raison souveraine, de
l'esprit attique, de l'eurythmie. Il la sentit aussi profondément que l'art romain et il n'a jamais manqué, non seu-

---

(1) EDMOND ABOUT, *La Grèce contemporaine*, chap. I, par. v à viii.
(2) CHARLES GARNIER, *A travers les Arts*, p. 285-292.

lement de faire entre les deux une différence essentielle et souvent méconnue, mais encore de donner à l'art grec sa place, bien au-dessus de l'art romain (1). Devant les paysages aux lignes pures, fermes et fines, devant les monuments de grandeur, de proportion et d'harmonie, qui se profilent sur l'azur du ciel, il a fait, lui aussi, sa prière sur l'Acropole : « Plaine de l'Attique, s'écrie-t-il, rocher de Minerve, Parthénon, mon cœur bat encore à votre souvenir! C'est en vous voyant que j'ai compris la puissance magique de l'art et la majesté de l'architecture antique. Est-ce votre beauté seule, est-ce la nature, l'harmonie de vos noms, ou le souvenir de tant de siècles glorieux qui émeut ainsi?... Je ne sais ; mais c'est la seule fois que, trouvant réalisés les rêves chéris de ma jeunesse, j'ai senti que l'esprit seul n'était pas touché en moi : c'était bien l'âme et le cœur, car les larmes s'échappèrent de mes yeux (2). »

En face d'Athènes, au milieu du golfe Saronique, s'étend l'île d'Égine et un temple ruiné la couronne. Laissant à Beulé, qui commençait sur l'Acropole des fouilles célèbres, l'honneur d'ajouter une page aux travaux de Paccard et de

---

(1) On ne saurait mieux indiquer le fort et le faible de l'architecture romaine que dans ces quelques lignes, au sujet du pont du Gard : « Rarement les Romains ont composé un ensemble aussi noble et aussi grand de lignes. Ils ont renoncé dans cette construction *à ces détails incorrects dont ils surchargeaient parfois leurs édifices;* ils ont bâti uniquement pour remplir un programme bien accusé, pour répondre à une exigence simplement définie, et cette condition seule a suffi pour faire bien. Ils ont composé largement et sincèrement, et cela a suffi pour faire beau : tant il est vrai que le beau prend sa source dans la vérité! » (*A travers les Arts* p. 43.)

(2) Charles Garnier, *A travers les Arts*, p. 245.

Titeux, Garnier faisait choix du temple d'Égine pour la restauration qui devait former son dernier envoi. Outre la valeur propre de l'édifice, qui est grande, il y trouvait matière à éclairer une question encore obscure, aujourd'hui résolue et à laquelle il faisait faire un pas décisif, celle de la polychromie dans les monuments grecs. Mazois et Hittorff l'avaient posée; avec les fragments trouvés à Égine, Garnier apportait à la solution des arguments sans réplique. Hardie, voire audacieuse pour le temps, la restauration de l'édifice qu'il appela « le Temple de Jupiter panhellénien » fut très remarquée à l'Institut, d'abord par l'Académie des Beaux-Arts, son juge naturel, ensuite par l'Académie des Inscriptions. Quant au futur architecte de l'Opéra, quel argument il devait en tirer un jour pour sa façade de marbre, de bronze et d'or !

Un voyage à Constantinople, où il rencontrait Théophile Gautier, qui devinait le génie de son jeune compagnon (1), achevait cette éducation, une des plus complètes qu'un artiste ait reçues. Après Saint-Pierre et le Parthénon, Garnier voyait Sainte-Sophie. Il revenait formé par les trois écoles de l'ancien monde, l'Italie, la Grèce et l'Asie. A ce trésor d'études, il allait ajouter l'apport irréductible de sa race et de son pays, car il devait rester Parisien et Français (app. III).

____

(1) Une amitié durable fut la suite de cette rencontre. Il en reste une trace amusante dans les *Poésies nouvelles* de Théophile Gautier, avec un épître monorime adressée à Charles Garnier :

Garnier, grand maître du fronton,
De l'astragale et du feston...

III

Un des grands romanciers de notre temps, une âme d'ironie et de pitié, Alphonse Daudet, a laissé un petit livre spirituel et triste, les *Femmes d'artistes,* où il décrit les souffrances tantôt poignantes, tantôt ridicules, que peut causer à l'artiste une compagne incapable de le comprendre. La contre-partie de ce livre serait à écrire. Combien d'artistes au contraire, sublimes enfants, désarmés dans la lutte pour l'existence, ont trouvé au foyer domestique l'abnégation et la tutelle sans laquelle ils n'auraient pu vivre et créer! Dans cette notice, qui doit être complète, ce m'est un devoir de dire que, sans la compagne qu'il avait associée à sa vie, dès 1858, quatre ans après son retour de Rome, la France et l'art n'auraient pas eu Charles Garnier.

Nous avons vu comment ce génie s'était dégagé d'une éducation tout élémentaire. Garnier avait une soif insatiable d'apprendre et il voulait pénétrer à fond tout ce qui intéressait son art. Il y parvenait grâce à une promptitude d'intelligence et une faculté d'assimilation vraiment prodigieuses; mais, dans sa route vers la science, que de lacunes il laissait derrière lui! Il put les combler de manière facile et douce, sous la lampe de famille, car il avait près de lui une intelligence cultivée et un grand cœur, qu'une famille d'universitaires semblait avoir formé exprès pour lui.

Puis, le surmenage intellectuel retentissait déjà sur sa santé physique. Il était nerveux et impressionnable à l'excès ; il avait besoin d'être continuellement encouragé et soutenu, d'une main délicate et ferme. La terrible ennemie des artistes et des écrivains, la névrose, rançon de leur sensibilité, avait déjà jeté sur lui son filet de torture. Il a décrit en des pages poignantes ce martyre d'action et de réaction qui ballotte ses victimes de la gaieté à la tristesse et de l'enthousiasme au désespoir. Il a étudié le mal commun sur lui-même, avec le sang-froid d'un psychologue et le courage d'un stoïcien (1), déclarant, du reste, que sa souffrance lui était chère : « Faut-il plaindre, s'écrie-t-il, ces natures ardentes, capricieuses, toutes faites de logique et d'inconséquences ? Loin de là ! s'ils souffrent, ils vivent ; s'ils ont les tristesses, ils ont aussi les voluptés. » Oui, mais sans la main qui guide et retient, qui calme et panse les blessures, combien succomberaient en chemin ! Garnier a été soutenu jusqu'au bout par cette main, dans la préparation et l'accomplissement de son œuvre, dans la maturité et dans la vieillesse, dans le travail et dans le repos, surtout dans la terrible épreuve qui devait terminer sa vie, lorsqu'il voyait mourir lentement l'unique fils qu'il aimait plus que lui-même.

Avant et après le mariage, les débuts du jeune architecte furent très durs : pendant sept ans, Garnier gagnait péniblement sa vie dans de petits emplois, sous-inspecteur aux travaux de la tour Saint-Jacques, de l'École des mines et des barrières de Paris, enfin architecte de la Ville, ce qui était presque l'aisance, et constructeur d'une maison de rapport, dont il consacrait le produit à faire avec sa

---

(1) Charles Garnier, *le Nouvel Opéra de Paris*, t. I, p. 490-496.

jeune femme un voyage dans sa chère Italie, lui rendant ainsi l'initiation de l'art, en échange de la littérature et de l'histoire qu'elle lui apprenait.

Au mois de janvier 1861, la construction d'un nouvel Opéra était mise au concours. Pourquoi un concours, alors que la salle de la rue Le Peletier avait un fort estimable architecte, Rohault de Fleury? C'est qu'il s'agissait de procurer à « l'architecture nationale » une occasion de faire ses preuves éclatantes. Hélas! les constructeurs du moyen âge n'avaient pas laissé de modèles en ce genre et il existe des différences essentielles entre un théâtre et une cathédrale. Dès le premier essai, le projet d'un opéra gothique fut écarté.

Sur les deux cents concurrents, Charles Garnier était classé le cinquième. Les quatre premiers étaient Ginain, Crépinet et Boittel, Garnaud et Duc. Au second concours entre les cinq projets primés, il arrivait au premier rang. Un soir de mai 1861, le jeune ménage attendait le résultat du jugement au cinquième étage de cette même maison du boulevard Saint-Germain, d'où le convoi de Charles Garnier, membre de l'Institut et grand officier de la Légion d'honneur, devait partir trente-sept ans plus tard, lorsqu'un violent coup de sonnette le fit sursauter. Un membre du jury, M. de Gisors, entrait en disant à Mme Garnier :

« — Embrassez-moi, Madame, votre mari fait l'Opéra! »

Tandis que la victoire se posait ainsi au sommet d'un toit parisien, quelle amertume chez le premier lauréat du concours d'essai! Ginain ne se consola jamais de sa défaite, mais il importe de dire à l'honneur de la fraternité artistique que, jusqu'au dernier moment, jusqu'au soir du jugement, Garnier avait proposé à son vieux camarade de l'atelier Léveil de s'associer en fusionnant leurs deux projets (1).

Les études de l'édifice commençaient aussitôt et l'architecte établissait son devis à 33 millions. Ce chiffre n'a pas été dépassé. Cependant une légende tenace circule encore sur le nouvel Opéra : c'est un gouffre où se sont engloutis des crédits toujours renouvelés. La presse a brodé sur cette légende avec son scrupule habituel d'exactitude; ce qui est plus grave, et ce qui fut vraiment douloureux pour Garnier, c'est qu'un ministre des Beaux-Arts la portait à la tribune de la Chambre et que, malgré la réclamation de l'architecte, elle ne fut pas rectifiée. Or, voici la vérité : par timidité devant un corps législatif pourtant bien docile, le gouvernement impérial avait diminué de moitié le chiffre loyalement indiqué par l'architecte, auquel il imposait de se prêter à cette dissimulation.

Aujourd'hui, nous pouvons dire que, pour 33 millions,

---

(1) On a beaucoup répété que Garnier avait emprunté à Ginain plusieurs motifs. Un bon juge, notre confrère Pascal, réduit cette accusation à sa juste valeur; l'emprunt de Garnier se réduit à l'idée, profondément modifiée, de deux annexes latérales : « Ginain avait flanqué sa façade principale de deux pavillons circulaires servant de descentes à couvert. C'était un motif souple, ingénieux; mais voyez le trait qui le transforme en une création géniale, en portant ces tours rondes, grassement accompagnées, au milieu de deux rues. Leur projection en avant en fait l'axe d'une superbe composition latérale, axe combiné avec celui du dôme, qui compte au nombre des silhouettes les plus décoratives, les plus solidement charpentées de la ville, en même temps que se trouvent ainsi amplement et utilement garnis en plan les milieux enflés de ce terrain compliqué. » (J.-J. PASCAL, *Charles Garnier*, p. 16-17.)

le nouvel Opéra n'était pas cher. Il importe de compléter ce renseignement en ajoutant que, sur ce chiffre, au lieu des 3 p. 100 d'usage, l'architecte ne reçut comme honoraires que 2 p. 100 et rien sur les œuvres d'art, qui entraient pour une somme considérable dans le total. L'Opéra construit, Garnier ne se trouva pas riche : il avait vécu, et il se retirait avec une aisance modeste.

L'énorme travail commença, accompagné jusqu'au bout de tracasseries qui tombaient sur une nature admirablement organisée pour les ressentir. D'abord, la défaite de l'architecture nationale avait laissé beaucoup de rancune en très haut lieu. Lorsque Garnier vint présenter ses plans aux Tuileries, il fut accueilli avec une froideur marquée. Devant les plans étalés, une voix auguste, une voix de femme, disait :

— « Qu'est-ce que c'est que ce style-là? Ce n'est pas un style. Ce n'est pas du grec, ni du Louis XV, ni du Louis XVI. »

Garnier n'était pas courtisan et il était nerveux :

— « Non, répondait-il, avec quelque brusquerie, non! ces styles-là ont fait leur temps. C'est du Napoléon III et vous vous plaignez! »

Les chambellans frémissaient; le Directeur des Bâtiments civils, M. de Cardaillac, était consterné et essayait d'arrêter l'artiste, mais une voix non moins auguste, une voix d'homme, mélancolique et résignée, sortait d'une épaisse moustache et soufflait timidement à Garnier :

— « Ne vous tourmentez pas; elle n'y connaît rien du tout. »

Cette mauvaise humeur ne dura pas. Quelque temps

après, invité à Compiègne, l'architecte trouvait chez la
souveraine cette grâce majestueuse et charmante qui pan-
sait vite les blessures.

— « Avouez, monsieur Garnier, lui dit-elle, que j'ai été
bien désagréable pour vous. Je le regrette maintenant. »

Garnier s'efforça d'être courtisan, pour une fois, et
répondit :

— « Oui, Madame, Votre Majesté a été odieuse. »

L'architecte avait raison de dire que le nouvel Opéra
consacrait un nouveau style, le style du second Empire,
ou mieux encore le style du XIXe siècle. Le style! On fait
grand bruit de ce vocable imposant. Nous craignons de
ne pas avoir de style et cela nous désole. Allons-nous
disparaître sans laisser un style?

Remettons-nous, Messieurs, d'un alarme si chaude.

Chaque époque a un style; elle ne peut pas ne pas en
avoir, car un style n'est autre chose que l'ensemble des
caractères, bons ou mauvais, qui distinguent une civilisation, l'empreinte qu'elle laisse à toutes choses, littérature et art. Or, de toutes les branches d'art, l'architecture
est la plus significative. Elle les résume et les embrasse
toutes; elle est, à elle seule, l'image la plus complète et la
plus durable d'un temps. L'architecture du XIXe siècle
doit donc lui ressembler; elle doit présenter, en une claire
synthèse, tout ce qui le distingue des siècles précédents.

En deux mots, on peut dire que notre siècle est le fils de
la tradition et de l'individualisme. Aucun n'a été aussi pré-
occupé et respectueux du passé; aucun n'a voulu savoir, avec
un effort plus passionné, avec un scrupule plus respectueux

de la vérité. D'autre part, les vieilles barrières qui parquaient les hommes, les liens qui les maintenaient, les contraintes docilement subies qui bridaient en bien ou en mal l'initiative individuelle, tout cela est renversé, brisé, secoué. Le monde n'a plus que deux souveraines, la science et la liberté.

De là, dans l'âme de l'artiste un conflit permanent. Il sait beaucoup et sa science gêne son invention; il veut oser, et il hésite. Un compromis finit par s'établir entre les deux tendances. De ce compromis résulte notre style. Dans l'héritage du passé, nous essayons de retenir tout ce qui est utile et beau; nous y ajoutons notre apport et, grâce à la liberté, il est immense. Nous nous efforçons de concilier l'inconciliable; c'est notre misère et notre grandeur.

L'architecte du nouvel Opéra se rendait bien compte de cette antinomie. La plume à la main, il l'a définie et analysée de la plus pénétrante manière (1). Dans son œuvre, il a fait un immense effort pour la résoudre.

D'abord, il a retenu ce principe essentiel de l'architecture que l'édifice doit répondre exactement à son objet : il a fait un théâtre, dans lequel l'aspect général, la distribution, la proportion, l'ornement, tout est d'un théâtre. De là l'unité. Ce théâtre devait être immense; il l'a fait grandiose. Il devait être commode; il l'a fait incomparable d'adaptation. Il devait être riche; il l'a fait beau.

Rien de plus simple et de plus clair que le plan général. Simplicité et clarté, ces deux qualités suprêmes des maîtres, je ne crois pas qu'aucun édifice de notre temps

---

(1) Charles Garnier, *A travers les Arts*, chapitre VI, *le Style actuel*.

le réalise à un plus haut degré. Regardez la façade ; un
pignon gigantesque la domine : c'est le couronnement du
mur de scène. Au-dessous s'évase une large coupole : c'est
la couverture de la salle. De vastes baies s'ouvrent dans
le soubassement : il faut que deux mille spectateurs y
trouvent un accès facile et rapide. Une longue loggia sert
de fenêtres à l'unique étage : c'est un foyer ouvert. Fran-
chissez la porte : un escalier unique au monde monte vers
un palier où il se divise en un double degré, desservant ainsi
les deux grandes divisions de la salle, orchestre et loges.
Trois côtés de l'immense cage offrent trois rangs de balcons en encorbellement. Sur cet escalier et ces balcons,
spectateurs et spectatrices dérouleront, au début et à la
fin de la soirée, une montée et une descente triomphales,
un double spectacle de richesse et de splendeur (1). Ainsi
le but du théâtre sera pleinement atteint, car on y vient
pour voir et pour être vu. La salle et les loges, toutes
leurs dépendances sont conçues dans le même esprit.

Quant à l'invention de l'artiste, elle naît de la science et
il féconde toujours la science par l'originalité. La science
maintient l'invention dans la tradition française, fille de
l'art gréco-romain, et s'il fallait à tout prix, pour satisfaire
l'impératrice Eugénie, rattacher le nouvel Opéra à un style
classé, on y trouverait une fusion du style Louis XIV et
du style Louis XVI, vivifiée par l'esprit de notre temps.
Garnier a étudié la plupart des théâtres connus et, comparaison faite, il a pris à un de nos architectes de génie, Louis,

____

(1) Voir ce que l'architecte dit lui-même de cet escalier, dans le
Théâtre, p. 85.

(2) Dans le *Théâtre*, p. 75 et le *Nouvel Opéra de Paris*, t. I, p. 125, Garnier

l'idée de son grand escalier et des balcons de sa salle (2).
Pour la décoration, en combinant les souvenirs de la Toscane, de Venise et de Constantinople, il a conçu l'idée
d'employer à l'extérieur le marbre comme une palette et
à l'intérieur d'introduire largement les émaux diaprés
de la mosaïque (1).

Cette architecture originale et composite, individuelle et
savante, s'appliquait à un monument de dimensions énormes
et d'une complication infinie, car le constructeur de théâtre
et surtout d'un théâtre d'opéra, doit mettre en œuvre une
véritable encyclopédie de sciences. Garnier apprenait au
fur et à mesure tout ce dont il avait besoin ; il dévelop-
pait en lui une richesse de facultés et une étendue de
connaissances qui rappellent les grands artistes de la Renaissance. Il devenait ingénieur, hydraulicien, géologue.
Il résolvait les problèmes compliqués qui surgissaient
chaque jour, depuis l'irruption d'une rivière souterraine
jusqu'à la résistance inconnue de marbres nouveaux.

Une armée d'élèves le secondait et, du premier jour,
lui vouait une admiration et une affection égales. C'étaient,
comme inspecteur principal Louvet, comme premier inspecteur Jean Jourdain, comme inspecteurs et sous-inspec-
teurs Guadet, Pascal, Ambroise Baudry, Le Deschault,

---

fait un éloge enthousiaste, et qui n'a rien d'excessif, de cet architecte égal
aux plus grands et qui n'a pas une réputation en rapport avec sa valeur.

(1) Garnier avait une véritable passion pour le marbre et la mosaïque. Il
aurait voulu renouveler par eux l'architecture française et l'aspect de
Paris. Sur ce thème, il a écrit des pages enthousiastes. Voir *A travers les
Arts*, chap. xi et xii, et le *Nouvel Opéra de Paris*, t. I, p. 268 et 269.

Voir aussi à l'appendice (IV) une lettre spirituelle et chaleureuse qu'il
adressait sur ce sujet au préfet de la Seine Hérold.

Charles Yriarte, Batigny, Scellier de Gisors, Nénot. Ils l'appelaient « le Grand Chef » et ils avaient bien raison, car ils formaient autour de lui une école qui, par eux, malgré l'injustice et l'ingratitude des phrases toutes faites, devait prouver non seulement que l'architecture française n'a point déchu, mais que, avec les caractères et les nécessités de notre temps, elle se maintient à la hauteur des plus beaux siècles.

Pour la décoration, il groupait des artistes capables de se faire une gloire personnelle dans la sienne. C'étaient Baudry avec les peintures du foyer, Lenepveu avec le plafond de la salle, Carpeaux avec son groupe de la *Danse*, les œuvres qui ont le plus vivement frappé le grand public ; mais, à côté d'eux, il est strictement juste de rappeler Pils et Barrias, Delaunay et Boulanger, Guillaume et Thomas, Cavelier et Falguière, treize peintres, soixante-treize sculpteurs, dix-neuf ornemanistes, tout une armée animée par l'ardeur du « Grand Chef », dévouée à son œuvre, admirant son grand esprit et aimant son grand cœur.

Commencé le 1ᵉʳ août 1861, le nouvel Opéra était inauguré en grande pompe le 5 janvier 1875, malgré l'arrêt du siège et le ralentissement qui le suivit, compensés par un tour de force d'activité après l'incendie de la salle Le Peletier. Il était écrit que, jusqu'au dernier jour, Garnier aurait à se plaindre de procédés venus de haut, par mauvais vouloir ou maladresse. Une lettre ministérielle lui annonçait, la veille de l'inauguration, qu'une seconde loge était mise à sa disposition « contre la somme de 120 francs. » Le public se chargea de le dédommager. Placer l'architecte en haut de la salle, c'était l'obliger à descendre en sortant

le grand escalier dans toute sa longueur, c'est-à-dire lui
ménager un triomphe. Il le reçut éclatant et enthousiaste.
Au long des marches, du haut des balcons, du fond des
couloirs, les bouches acclamaient et les mains applaudis-
saient. Une telle minute paie dans le passé, le présent et
l'avenir, toute une existence de génie, de travail et de
souffrance.

IV

Charles Garnier a désormais terminé la grande œuvre de
sa vie. Il sera, pour son temps et devant la postérité, l'architecte du nouvel Opéra.

Comme toutes les œuvres originales et puissantes, celle-ci
était passionnément discutée. Du jour où, pour la première
fois, la façade avait été découverte, le 15 août 1867, jusqu'à
la soirée d'inauguration, l'enthousiasme et le dénigrement
se déchaînaient sur le plus important objet qui leur eût
été offert depuis longtemps (1). Leur produit commun

---

(1) La polychromie de la façade fut le plus vivement attaquée; voir
la spirituelle défense de l'architecte dans le *Nouvel Opéra de Paris*,
t. I, p. 9-35. La « blague » parisienne ne pouvait, en l'espèce, renoncer à
son habitude constante de caractériser un monument en le comparant à
quelque objet vulgaire : pour elle, l'Opéra était un dressoir chargé de bibe-
lots ou une cheminée avec sa garniture. Garnier ripostait : « On a dit que
le Panthéon ressemblait à un gâteau de Savoie, que la colonne Vendôme
avait l'air d'un mirliton, et que le campanile de Giotto n'était qu'une pièce
de nougat montée; puis les clarinettes de Saint-Sulpice, puis les malles
du théâtre du Châtelet, puis le bonnet de coton du tribunal de Commerce.
Il y a bien peu d'édifices qui aient échappé à une comparaison plus ou
moins triviale et ils n'en ont éprouvé aucun préjudice. Mettons donc que
l'Opéra ressemble à une cheminée comme l'Italie ressemble à une botte. »
(*Le Nouvel Opéra de Paris*, t. I, p. 27-28.)

s'appelle la gloire. Il fut donné à Charles Garnier d'en savourer vivant les douceurs et les amertumes. Il était célèbre et populaire.

L'Académie des Beaux-Arts l'admettait le 14 mars 1874 en remplacement de Baltard (1) et il recevait successivement, dans la Légion d'honneur, les grades d'officier, le 6 janvier 1875, de commandeur le 29 octobre 1889, de grand-officier le 31 décembre 1895. A l'étranger toutes les Sociétés d'architecture tenaient à honneur de l'inscrire parmi leurs membres et il lui arrivait assez de décorations pour garnir une vitrine du Palais-Royal.

Il recevait ces distinctions avec une simplicité parfaite. Deux d'entre elles cependant, après celles qui lui venaient de son pays, l'avaient particulièrement touché : le titre de membre honoraire de l'Institut royal des architectes britanniques et la grande médaille d'or de la reine Victoria. Peut-être, cependant, mettait-il encore au-dessus de celle-ci la médaille d'or que lui avaient offerte par cotisation les ouvriers de l'Opéra sur la fin des travaux. Il espérait la léguer à son fils ; sa veuve, hélas ! n'a pu que l'offrir à la bibliothèque de l'École des Beaux-Arts, avec les marques des autres récompenses reçues par Charles Garnier au cours de sa carrière. Elles y resteront comme un exemple aux jeunes artistes.

Il n'avait pas cinquante ans le jour où fut inauguré le nouvel Opéra. Son activité intellectuelle et physique était dans son plein. D'autres à sa place auraient estimé sans

---

(1) Voir *Notice sur Victor Baltard* par M. Charles Garnier, lue dans la séance de l'Académie des Beaux-Arts du 30 mai 1874.

doute qu'après avoir contribué à la gloire de son pays, il était temps de songer à sa propre fortune; rien ne lui eût été plus facile que de monnayer sa réputation et son talent. Il n'y songea même pas, car il avait pour la fortune la plus simple et la plus parfaite indifférence. A peine aisé, il avait la main largement ouverte et ses obligés, pour de petits ou de gros services, ne se comptent pas.

Des amis plus prévoyants que lui avaient imaginé de le faire nommer expert près le Tribunal de la Seine; il renvoyait à des confrères les expertises fructueuses qui lui arrivaient, sous prétexte qu'ils en avaient plus besoin que lui.

L'archevêque de Paris lui proposait les fonctions de conseil pour la construction du Sacré-Cœur. Il acceptait, parce qu'il s'agissait là de grande architecture et qu'il espérait y être utile à l'art. Quelque temps après, voyant que les occasions de conseiller ne se produisaient pas, il envoyait sa démission en disant : « Je ne veux pas être payé pour ne rien faire. »

Il se voua donc, gratuitement ou peu s'en faut, à des travaux pour obliger des villes ou des particuliers, à ses fonctions administratives, comme inspecteur général des bâtiments civils, et à ses devoirs académiques.

Sur le Mont-Gros, au-dessus de Nice, il élevait l'observatoire dû à la libéralité de notre confrère, M. Bischoffsheim, et il en faisait un modèle du genre, simple et grave comme la science. Au casino de Monte-Carlo, il construisait une salle de concert et il en faisait, extérieur et intérieur, un bijou ciselé avec amour. La salle ruisselait d'or fauve et il s'efforçait d'y métamorphoser en vision d'art le redou-

table métal qui tinte sans fin dans les salles voisines
(app. V); la façade semblait sortir de la mer et de la ver-
dure orientales comme le portique d'un paradis de Ma-
homet.

Tout près, à Bordighera, il bâtissait deux villas, l'une
somptueuse pour M. Bischoffsheim, sur laquelle il réalisait
son rêve de décoration extérieure en mosaïque, l'autre, toute
simple, mais charmante, pour sa famille. Ici, il trouvait un
merveilleux collaborateur, la nature. Sur un promontoire
haut dressé entre la France et l'Italie, belvédère naturel sur
un des plus beaux rivages du monde, il élevait une tourelle
largement ouverte à tous les étages, pour que, de toutes
les parties de l'habitation, l'œil pût jouir de cette première et suprême beauté. Tout autour, sur le terrain en
pente, un bois ou plutôt une forêt de palmiers, semblait
accrocher au flanc des Alpes un lambeau d'oasis algé-
rienne et ces arbres y affectaient des formes étranges,
recourbés en tubas énormes ou rampant sur le sol comme
des serpents. Sa chère villa, et aussi le pays environnant,
comme il les aimait! avec quel enthousiasme il les décri-
vait (1)! Quelles heures de loisir délicieuses il y a coulées,
en attendant qu'ils devinssent un séjour de torture, où le
sourire indifférent du ciel semblait railler la souffrance
humaine!

A Paris, il était chargé par le Cercle de la Librairie de
construire un hôtel digne de cette corporation. L'édifice
est d'une élégance robuste et d'une richesse sobre; avec

---

(1) CHARLES GARNIER, *Les Motifs artistiques de Bordighera*, dans *Bordighera
in gennaio 1877*, p. 114 et suiv.

son pavillon arrondi entre deux ailes, on dirait un livre ouvert, un de ces beaux in-folio, scrupuleusement parfaits, que signaient aux temps de la Renaissance les Alde et les Estienne.

A l'Exposition Universelle de 1889, sur une bande de terrain où l'on ne savait trop que mettre, il s'avisait de raconter aux yeux l'histoire de l'habitation humaine, par une série de petits édifices, mignons comme des jouets d'enfants, savants comme des mémoires d'Institut, clairs comme une leçon d'école primaire (1). Ce passe-temps, dont le grand architecte s'était amusé tout le premier et qu'il offrait à la foule comme une simple distraction, devint dès le premier jour un des attraits de l'Exposition (app. VI).

Entre temps, Garnier écrivait et parlait volontiers. Orateur et écrivain, il était parfaitement original. Telles étaient chez lui l'abondance et la promptitude des idées, telle était aussi la sensibilité nerveuse que, sans être bègue, il en avait l'air. Les mots se pressaient sur ses lèvres, comme un torrent sur une pente caillouteuse. Il n'était pas de ceux qui mesurent leurs phrases et économisent leur souffle. La verve et l'esprit, la conviction et la logique, jaillissaient d'abondance à travers ce bouillonnement. Avec cela, peu d'orateurs exerçaient une action aussi forte. Ce qui dominait dans cette parole, c'étaient le bon sens et l'esprit pratique ; ici, comme dans son art, une raison lucide

---

(1) Le souvenir de cette restitution a été fixé dans le livre qu'il a écrit en collaboration avec un professeur d'histoire du lycée Louis-le-Grand, M. A. Ammann : CHARLES GARNIER et A. AMMANN, *L'Habitation humaine*, 1892.

réglait la surabondance du sentiment. Et toujours, le pétillement joyeux de l'esprit parisien, le rire d'un Gavroche grandi dans les ateliers et travaillé par une émulation secrète à l'égard des vaudevillistes et des chansonniers (1).

Il écrivait comme il parlait et mieux encore, car la réflexion peut davantage sur l'écriture que sur la parole. De bonne heure, dès ses débuts, il avait voulu voir clair dans ses théories comme dans celles de ses confrères. Il avait donc publié, à propos de l'Exposition Universelle de 1867, une série d'études pleines d'idées et de verve, solides et brillantes, où se trouvent des pages de premier ordre. L'Opéra terminé, il lui consacrait un grand ouvrage de défense et d'explication, voire de critique. car il voyait et il déclarait tout le premier les points faibles de son œuvre (2). Il y a là de l'éloquence, de l'esprit, de l'émotion, des descriptions et des portraits (3), des mor-

(1) Les chansons de Garnier sont innombrables. Partout où il était possible d'en placer une, fêtes de famille, réunions amicales, repas de corps, on était sûr de le voir se lever au dessert et chanter lui-même son œuvre, à la façon de l'ancienne France, sur un air de pont-neuf. Toutes sont verveuses et spirituelles, beaucoup sont de petits chefs-d'œuvre en leur genre. Il abordait même le théâtre, sans prétention, mais avec une joie intense. Il reste de ces passe-temps une opérette en un acte, *le Baron de Groschaminel*, en collaboration avec Ch. Nuitter, qui signa seul, musique de J. Duprato, représentée en 1866 au théâtre des Fantaisies-Parisiennes. Sarcey lui disait en plaisantant: « Tu es plus fier de ton opérette que de ton Opéra ! » Il a fait imprimer aussi une pochade, *Patembois*, représentée en 1885 au casino de Vittel, et une amusante revue, jouée à l'Hôtel Continental en 1890, par la troupe du théâtre de Cluny, « son théâtre de quartier », comme il disait, après un banquet de la Société centrale des architectes français.

(2) Voir notamment, dans le *Nouvel Opéra de Paris*, t. I, p. 51 et suiv. la critique du foyer de la danse. C'est un modèle de franchise et de sens artiste.

(3) Voir surtout (t. I, p. 163 et suiv.), celui de Lenepveu.

ceaux de bravoure, des effusions, des confessions. Tout cela, je ne crains pas de lâcher le mot, fait songer quelquefois à ce qu'aurait pu être un Saint-Simon architecte. Mais il n'y a trace chez Garnier de ce qui abonde dans Saint-Simon, la méchanceté et l'orgueil.

Ces écrits divers avaient un centre commun, l'Opéra, et avec l'Opéra lui-même, ils se rattachaient à une conception hautement philosophique et artistique du théâtre. Garnier éparpillait cette esthétique en discours et en lettres. Il adressait de petits mémoires à son ami Sarcey, qui les recevait comme pain bénit et s'empressait de les insérer dans son feuilleton. Il condensait ses théories dans un livre didactique et il le dédiait au même Sarcey. Jamais dédicace ne s'adressa mieux, car personne n'a aimé le théâtre autant que Sarcey. Le critique du *Temps* parlait volontiers d'un livre semblable qu'il se proposait d'écrire quelque jour sur la poétique théâtrale. Garnier terminait donc sa dédicace en disant : « Je pars le premier, mon cher Francisque, mais ne tarde pas trop à venir me rejoindre. » Ils devaient, au terme de la vie, se retrouver bien vite : à six mois de distance, Sarcey répondait à l'appel de son ami et le rejoignait dans la mort.

Vous le voyez et vous l'entendez encore à nos séances, intervenant par une boutade dans les discussions les plus sérieuses, mais bien vite, cette parole simple et familière, pittoresque et nourrie, émettait des avis pleins de sens et d'esprit pratique. Il n'a jamais pris part inutilement à une discussion ; presque toujours c'était l'opinion soutenue par lui qui l'emportait. Il possédait l'autorité et inspirait la confiance, conséquences de l'admiration pour l'artiste et de l'estime pour l'homme.

Avant de siéger près de lui à l'Académie, j'avais apprécié ses qualités de conseil à la Direction des Beaux-Arts. Il appartenait à la plupart de ses nombreuses et laborieuses commissions. Dans toutes, il était aussi écouté que parmi nous. Lorsqu'il prenait la parole, on était sûr que c'était pour dire quelque chose d'utile et de pratique. En quelques mots, traduisant une pensée claire en un langage brouillé, il démêlait les questions les plus complexes et indiquait la solution la plus simple. Souvent, il complétait son dire par un dessin improvisé à la plume et alors son étonnante richesse d'invention multipliait en se jouant les croquis et les projets.

V

Peu d'hommes avaient autant le besoin de l'amitié, en sentaient plus vivement le charme et en pratiquaient plus complètement les devoirs. Il est resté fidèle aux compagnons de sa jeunesse jusqu'au jour de la séparation suprême. Il a noué de nouvelles affections tant qu'il a vécu, et les derniers venus, jeunes ou vieux, élèves ou confrères, maîtres ou débutants, avaient, sur lui, dès le premier jour, tous les droits des plus anciennes affections. Nul n'a pratiqué avec plus de simplicité l'adage antique : *Amicitia pares facit.* Je ne saurais énumérer tous ceux qui sont entrés dans son cœur pour n'en plus sortir. Je devrais d'abord vous nommer tous, mes chers confrères. Du moins, parmi les morts, dois-je rappeler Baudry et Sarcey, Boulanger et Nuitter, Lenepveu et Saintin, ceux dont la présence complétait sa famille et qu'il réunissait chaque semaine autour de sa table. Il n'était pas prodigue de protestations. Aussi, le cri d'affection et de douleur qu'il poussait le 25 janvier 1886, sur la tombe de Baudry, en lui rendant les derniers devoirs comme président de l'Académie, est-il d'autant plus déchirant : « Dors en paix, mon Paul ; tu emportes avec toi un lambeau du cœur de ceux qui t'ont connu ;... tu emportes aussi un morceau de moi-même et lorsque, comme autrefois, je te dis : « Mon petit Paul, adieu ! » il me semble que dans ton cercueil tu me réponds comme jadis : « Mon Carlo, à revoir ! » A revoir, mon Paul, je t'aimais bien. »

Le travail et la gloire, la famille et l'amitié, c'est plus qu'il ne faut pour procurer le bonheur, mais « la destinée envieuse », dont parlent les tragiques grecs, n'accorde à chacun de nous que des joies compensées. Ce qu'elle donne d'une main, elle le reprend de l'autre et, toujours, une joie se paie par une douleur. Garnier aimait son fils unique plus que lui-même, plus que tout. Depuis sa naissance, que de joie et d'espoir reposaient sur cette tête blonde ! Les amis du père la représentaient à l'envi et elle continue de sourire à l'avenir dans la villa de Bordighera comme dans la maison de Paris. L'imagination fantaisiste du père et la solide raison de la mère s'étaient fondues dans cette nature riche et souple. L'enfant était sérieux et gai. A vingt ans, élève d'une de nos grandes écoles spéciales, il promettait une espérance à son pays.

Et tout à coup, un vent de mort soufflait sur cette

plante délicate ; elle se flétrissait et, du premier jour, un pronostic fatal s'imposait.

La douleur du père et de la mère fut déchirante et prolongée. Elle dura cinq ans. Tout fut tenté contre le mal, d'abord avec l'espoir de le vaincre, puis afin de retarder l'horrible échéance. Le jeune homme, lui, était sans illusion et se faisait l'âme d'un stoïcien. Le temps qui lui était mesuré, il voulait l'employer à une œuvre utile ; il devenait un savant ; il menait à bien un grand travail de linguistique et de géographie ; à la veille de sa mort, il le présentait à l'Institut, mais c'est sur sa tombe que devait être déposé le prix Volney (app. VII).

Avec sa propre santé de plus en plus ébranlée et bientôt ruinée, le père subissait la double torture de son mal et de celui qui minait son enfant. Il n'y aurait pas résisté, sans le soutien de sa compagne, qui l'obligeait et s'obligeait elle-même à espérer contre toute espérance, montrant au père et au fils un front joyeux, alors qu'elle avait la mort dans le cœur. Grâce à elle, Garnier conserva le goût de la vie et du travail. Il avait encore le courage de s'intéresser à l'art et de sourire à ses amis. La semaine qui précéda sa mort, il les réunissait encore autour de lui et l'avant-veille il m'écrivait ce qu'il aurait voulu dire lui-même au jugement du Grand-Prix d'Architecture.

La délivrance arriva dans la nuit du 1er au 2 août 1898. Frappé au cœur, Charles Garnier eut le temps de pousser un cri de reconnaissance et d'affection pour sa compagne. Quand il eut rendu le dernier soupir, le fils se jeta dans les bras de sa mère en lui disant : « Au moins il ne me verra pas mourir ! » Et lui-même mourait, calme et debout, le 4 septembre suivant.

La mère survit et prie sur les deux tombes où se sont englouties les deux plus belles fleurs de la vie humaine, la gloire et l'espérance. Puisse, Messieurs, la dernière couronne que je dépose en votre nom sur l'épitaphe de notre illustre confrère, être un allégement à cette immense douleur, en attendant le jour prochain où, grâce au talent de l'un de vous, son élève, dans l'enceinte de l'Opéra, s'élèvera un monument digne de Charles Garnier et de son œuvre.

APPENDICE

I. — « Du sept novembre mil huit cent vingt-cinq, à deux heures
du soir. Acte de naissance de Jean-Louis-Charles, du sexe masculin,
né hier, à dix heures du matin, à Paris, rue Mouffetard, n° 264, et à
nous présenté, fils de Jean-André Garnier, âgé de vingt-neuf ans, forgeron, et de Louise-Françoise-Félicité Colle, âgée de vingt-trois ans,
son épouse, demeurant comme dessus. Les témoins sont : Éloi Bruyer,
âgé de soixante-douze ans, rentier, demeurant rue du faubourg Saint-
Jacques, n° 7, et François-Joseph Lacour, âgé de soixante-quatre ans,
sellier, demeurant rue d'Enfer, n° 61. Sur la réquisition faite à nous,
maire du douzième arrondissement, par ledit Garnier, père présent,
qui a signé avec les témoins et nous, lecture faite dudit acte. Signé :
Garnier, Bruyer, Lacour et Cochin, maire. »

Cet acte de naissance a été relevé aux archives reconstituées de la
Seine par M. C. Moyaux, successeur de Charles Garnier à l'Académie
des Beaux-Arts et imprimé par lui dans la notice d'usage sur son
prédécesseur, lue à l'Académie dans la séance du 22 avril 1899.

La plupart des renseignements de fait sur lesquels j'ai écrit mon
propre travail m'ont été fournis par un mémoire manuscrit, monument de tendresse conjugale et de sincérité, que Mme veuve Charles
Garnier a bien voulu mettre à ma disposition.

J'en ai trouvé un certain nombre dans les notices nourries et cha-
leureuses qui ont été consacrées à Charles Garnier par MM. J. Guadet,
(*Charles Garnier, notice biographique*, extrait du *Bulletin de la
Société des Architectes diplômés par le gouvernement*, mars 1899) et
J.-L. Pascal (*Charles Garnier, architecte de l'Opéra de Paris*, notice
lue à l'assemblée générale de la Société centrale des architectes
français).

D'innombrables articles ont été publiés sur Charles Garnier de son vivant et au moment de sa mort. Entre tous, je citerai, de son vivant, une chronique dans le *Monde illustré* du 23 avril 1881, signée Gérôme, pseudonyme de notre confrère de l'Académie française, M. Ludovic Halévy, qui, en quelques lignes, a tracé un portrait aussi vrai que spirituel de l'homme; à sa mort, un article tout pénétré d'émotion, par Francisque Sarcey, l'un de ses plus intimes amis, dans le *Temps* du 5 août 1898.

Les livres de Charles Garnier, grâce à la sincérité expressive de ses impressions, tournent souvent à l'autobiographie. Voici les titres des principaux :

A travers les Arts, Causeries et Mélanges, in-12, Hachette et Cie, 1869;

Le Théâtre, in-8°, Hachette et Cie, 1871 ;

Le Nouvel Opéra de Paris, 2 vol. in-4°, avec album in-folio, Ducher et Cie, 1878-1881 ;

Le Temple de Jupiter panhellénien à Égine, restauration exécutée en 1852 par Charles Garnier, Grand-Prix d'architecture en 1848, dans la collection des « Restaurations des monuments antiques par les architectes pensionnaires de l'Académie de France à Rome, |publiées sous les auspices du gouvernement français », Firmin Didot et Cie, 1884 ;

Monographie de l'Observatoire de Nice, in-folio, André, Daly fils et Cie, 1892;

Plus une quantité d'articles dans le *Moniteur universel*, le *Temps*, la *Gazette des Beaux-Arts*, la *Revue générale de l'Architecture*, etc.

Il importe de signaler aussi un chapitre, tout pénétré d'émotion intime et brillant de couleur, les *Motifs artistiques de Bordighera*, dans une publication locale, *Bordighera in gennaio 1877, vade mecum del forestiere, compilato da Federigo Hamilton*.

II. — Mme veuve Charles Garnier a réparti l'héritage artistique de son mari entre la bibliothèque de l'Opéra et celle de l'École des Beaux-Arts. Voici le détail de ces dons :

La bibliothèque de l'Opéra a reçu les esquisses, maquettes et modèles de toutes les peintures et sculptures qui sont entrées dans la décoration de l'édifice. Cette collection renferme notamment les peintures de Baudry, le plafond de Lenepveu, les figures de Ernest Barrias, Cavelier, Carpeaux, Eugène Guillaume, Gumery, Lequesne, Mercié, Aimé Millet, Perraud, Jules Thomas, etc.

La bibliothèque de l'École des Beaux-Arts a reçu la collection des dessins et aquarelles exécutés par Charles Garnier dans ses voyages en Italie et en Grèce.

Elle a reçu aussi les minutes du travail exécuté pour le duc de Luynes dans la Pouille et la Calabre. Le duc avait l'intention de publier les rendus de ce travail en chromolithographie, mais il ne vécut pas assez pour y donner suite et une négociation entamée avec sa famille pour le même objet par une librairie d'architecture n'aboutit pas. Les minutes de Garnier sont étudiées en ce moment par un ancien membre de l'École française de Rome, M. Émile Bertaux, qui prépare un ouvrage sur l'histoire de la maison d'Anjou en Italie.

Mme Charles Garnier a complété le don à l'École des Beaux-Arts par la collection des médailles décernées à Charles Garnier dans le courant de sa carrière.

Elle a offert aussi au musée du Luxembourg deux aquarelles de son mari représentant l'une *Saint-Clément* de Rome, l'autre *Scutari*, et un dessin à l'encre de Chine représentant la *Cour du palais ducal* de Venise.

Voir, sur le détail de ces dons, un article de M. A. Dupuis dans l'*Architecture* du 21 janvier 1899.

III. — Charles Garnier fit un long voyage en Espagne, au printemps de 1868, en compagnie de Mme Garnier, du peintre Gustave Boulanger et de l'architecte Ambroise Baudry. Ce voyage a été rimé en chansons par Garnier et illustré de croquis par les trois artistes. Cette relation forme un gros manuscrit, que conserve Mme Garnier et qui, sans doute, ira rejoindre les études de son mari données à l'École des Beaux-Arts. Chansons et croquis sont des plus amusants.

Quant à l'impression que l'Espagne causait à Garnier, elle est résumée dans une lettre datée de Grenade, le 20 mai 1868, et adressée à l'architecte Denis Lebouteux, son ancien camarade à la Villa Médicis :

« Nous parlons souvent de toi en voyage, et nous te regrettons lorsque les choses sont belles à voir. Malheureusement, elles ne le sont pas toujours, et, pour quatre ou cinq jours de plaisir et d'intérêt, j'en passe vingt à attendre que cela vienne. Cependant, il y a ici du nouveau, l'architecture arabe. Elle est bien curieuse et bien intéressante et il est bon de voir cette ingénieuse et élégante école. Cordoue surtout est le triomphe de cet art. Cela vous *épate*, c'est le mot... Mais, mon bon vieux, qu'il y a, malgré de grandes beautés, loin de l'Espagne à l'Italie, où, à chaque pas, tout est bien, tout est beau ! Ici, les beautés se font désirer, et les moyens de locomotion ne sont pas toujours commodes. Je suis très heureux d'avoir fait ce voyage, mais je n'ai pas le désir de le recommencer. »

IV. — Charles Garnier avait horreur de l'uniformité que l'administration impose aux façades des maisons parisiennes et surtout de la mesure qui prescrit de les gratter tous les dix ans. Il a publié sur cette question la « lettre ouverte » que voici, adressée au préfet de la Seine Hérold :

« Si j'étais préfet de la Seine, au lieu de mettre toute ma gloire à changer des étiquettes de rues qui changeront encore bien des fois, je ferais une bonne et belle ordonnance ayant chance de durer longtemps. De votre devise, de notre devise, si vous voulez, vous usez beaucoup du mot *égalité* pour l'appliquer à nos maisons. Prenez donc plutôt celui de *liberté*, et laissez les gens bâtir à leur guise. N'imposez plus aux architectes des maximum de hauteur et de saillies, et laissez à chacun le droit d'élever son bâtiment à sa convenance et de planter quelques moucharabis sur le coin de ses balcons. Ça gênera moins les voisins que les arbres des boulevards, qui donnent de leurs branches dans les carreaux voisins. Au lieu d'encourager la fabrication des monotones cages à locataires, encouragez, au contraire, les campaniles, les pignons sur rue, les marbres, les émaux et les mosaïques. Vous voulez, semble-t-il, décréter un art laïque et républicain, rien de mieux ; eh bien, l'art sera laïque s'il sert à construire des maisons, et républicain si vous lui donnez autant de variété qu'on en trouve maintenant dans les opinions des politiques.

« En tout cas, si vous ne vous sentez pas le pouvoir de faire revivre à Paris ce désirable pittoresque que je regrette, au moins ne suivez pas l'exemple de vos prédécesseurs en contribuant à nous retirer le peu qui nous en reste. La couleur aussi bien que la forme donne le charme et le mouvement, et si le temps met sur nos monuments une harmonieuse patine, il faut bien se garder de l'enlever. Rapportez donc ce suranné et déplorable arrêté, qui veut que les maisons soient grattées tous les dix ans, sous prétexte que cela est hygiénique.

« Voyons, est-ce que la poussière que vous laisseriez sur les vieux murs n'est pas moins nuisible que celle qui vient de vos raclures? Pourquoi n'êtes-vous pas logique et ne faites-vous l'opération qu'aux bâtisses particulières? Grattez donc aussi Notre-Dame, puisque vous y êtes, et la Sainte-Chapelle et les Thermes de Julien, et vous verrez la belle figure que feront ces monuments lorsque vous leur aurez arraché la peau. Les architectes ne sont pas des parias, en somme, et ils tiennent aux œuvres de leurs maîtres tout autant que les autres artistes, et vous verriez ce que ceux-ci diraient si, par ordonnance préfectorale, on grattait de temps en temps les *Noces* de Véronèse et la *Vénus* de Milo.

« Mais je ne suis pas le préfet de la Seine, et franchement je ne le regrette pas, j'aime mieux être son ami. Peut-être est-ce un bienfait des dieux.

« CHARLES GARNIER. »

V. — Cette belle salle a été gâtée par des modifications qui causèrent un grand chagrin à Garnier. Au moment où elles allaient s'exécuter, il écrivait la lettre suivante à M. Schmidt, qui lui avait succédé comme architecte du Casino :

« Bordighera, 28 avril 1897.

« MON CHER SCHMIDT,

« J'apprends de divers côtés qu'il serait question de démolir la scène de la salle de concerts de Monte-Carlo. Bien que je sois, ou plutôt que je doive être habitué à voir cette salle plus ou moins défigurée, je ne puis vous cacher que ce ne serait pas sans tristesse que je verrais accomplir encore une autre modification à l'œuvre que j'avais exécutée d'après un programme donné.

« Ce ne serait même pas la partie architecturale seulement dont je regretterais la perte, mais aussi celle des peintures qui décorent la

scène, et qui, si elles ont été soustraites à la vue par suite de diverses
exigences, pouvaient néanmoins, un jour ou l'autre, être de nouveau
soumises aux regards du public.

« Sans insister sur le chagrin que j'ai pu concevoir de la mutilation
de mes travaux, et même sans insister sur le procédé qui a été employé à mon égard et que je ne pense pas avoir mérité, je veux tout
de même, mon cher confrère, à vous qui, ayant le talent, savez res-
pecter notre art, vous demander si vous ne pourriez pas essayer de
prendre la défense d'un vieil architecte, qui ose réclamer, non pour
lui seul, mais bien pour tous les architectes, soumis à la dure loi de
ne pouvoir rien faire pour empêcher la destruction des monuments
qu'ils ont construit, ou, ce qui est pire encore, qu'on dénature, même
en pensant les embellir...

« ... Si le travail projeté n'est pas impraticable, il offre néanmoins de sérieuses difficultés, et nul ne sait, quand on met le mar-
teau dans un édifice, s'il n'en résultera pas des désastres ; mais comme
on ne me demande pas mon avis à ce sujet, je n'ai pas à le donner,
déclinant du reste toute responsabilité, s'il arrivait un accident. Mais
je pense pourtant que la construction ayant été fort soignée, ce
malheur ne surviendra pas. Aussi, ne saurais-je arguer de ce motif
pour m'opposer à ce que l'on veut faire.

« D'un autre côté, vous savez que les architectes n'ont pas le droit
juridique de réclamer lorsque l'on détruit leurs œuvres. Cela sera
peut-être un jour, ainsi que cela s'est fait pour les autres arts, et
pour la littérature.

« Dans tous les cas, bien qu'il pût m'être permis de protester contre
l'espèce d'injure que j'ai subie, je ne voudrais jamais, de mon côté,
causer le moindre ennui aux successeurs de ceux. qui, si gentiment,
sont venus me chercher pour bâtir leur salle de concerts. Je leur
garde trop de gratitude.

« Je voudrais pourtant bien que l'œuvre que j'ai produite et qui ne
me semble pas tout à fait indigne, ne fût pas trop mutilée, et que ce
que j'ai exécuté avec tant d'entrain dans des jours de fièvre de travail... ne fût pas détruit. Je suis bien vieux, et l'on pourrait peut-être
attendre que j'eusse disparu, et me laisser encore un peu de joie à la
fin de ma carrière.

« Je sais bien que les raisons sentimentales n'ont guère de valeur dans les affaires ; et, pourtant, c'est sur elles que je m'appuie, ne voulant pas en invoquer d'autres, et je veux espérer que quelques-uns défendront, non pas l'architecte, mais bien l'œuvre qu'il a construite et qui mérite peut-être d'échapper à la destruction.

« Maintenant, mon cher Schmidt, comme je sais que vous avez estime et amitié pour moi, tâchez de plaider ma cause ; et si vous réussissez à sauvegarder la salle de concerts, vous aurez, je vous l'assure, fait une bonne œuvre.

« Bien à vous,

« CHARLES GARNIER. »

VI. — Les principaux édifices construits par Charles Garnier, outre ceux qui sont énumérés au cours de la présente notice, sont les suivants :

Panoramas de la rue Saint-Honoré et de l'avenue Marigny, à Paris.

Magasin de décors de l'Opéra, sur un bastion de l'enceinte, boulevard Berthier.

Hôtel au n° 195 du boulevard Saint-Germain, pour MM. Hachette, les grands éditeurs, avec un type d'aménagement nouveau pour les écuries et les remises.

Villa Francisque Sarcey, à Rosendaël, près de Dunkerque.

Chapelle funéraire de la famille de Luynes au château de Dampierre (Seine-et-Oise).

Église, casino, établissement thermal et hôtel à Vittel (Vosges).

Église Sainte-Grimonie à la Capelle-en-Thiérache (Aisne).

Église, école communale et hôtel du Belvédère à Bordighera, province de Porto-Maurizio (Italie).

Tombeaux de Gaymard, de Bizet, d'Offenbach, de Victor Massé, de Duprato et d'Obin, à Paris, du général Saget, à Grandvilliers (Oise), de Ilenreaux, à Pietra-Santa, près de Florence, et, tout au début de sa carrière, de Guignault, membre de l'École française, à Athènes.

VII. — La vie si courte et l'œuvre déjà considérable de Christian Garnier ont été exposées avec une compétence spéciale dans une *Notice biographique sur Christian Garnier, 1872-1898*, par M. LUDOVIC DRAPEYRON, lue à la Sorbonne, le 29 janvier 1899, dans la séance de la distribution des Prix de la Société de Topographie de France. Un *prix Christian Garnier* a été institué par la société et décerné pour la première fois à cette séance.

J'ai publié moi-même l'article suivant dans le *Temps* du 17 août
1899 :

Si les récits de morale en action, ces recueils de faits propres à
exciter au bien par l'exemple, n'avaient été remplacés dans l'éducation par des traités plus philosophiques, mais qui, peut-être, ne les
valent pas comme résultat, il conviendrait d'y faire entrer l'histoire
de Christian Garnier, le fils du grand architecte.

Ce jeune homme mourait l'an dernier à vingt-six ans, un mois après
son père. A l'époque de cette mort, Francisque Sarcey, ami intime
du père, saluait le cercueil du fils, en comparant cette carrière et cette
fin prématurée à celle de Vauvenargues, qui, lui aussi, torturé par
la maladie et voyant approcher le terme fatal, travaillait avec un
calme stoïque, rassemblait ses dernières forces pour faire œuvre
utile et se consolait de tout à la pensée du rayon de gloire posthume
qui éclairerait son tombeau.

Et, pour tous deux, cette espérance ne venait qu'après la résolution
de se conduire en hommes, de regarder la mort en face et de mourir
debout.

De son père, un homme de génie, et de sa mère, une femme aussi
modeste qu'éminente par les qualités de l'esprit et du cœur, Christian
Garnier tenait une intelligence des plus vives, une soif insatiable
d'apprendre, l'amour passionné du travail et la volonté d'employer
utilement sa vie.

Cette vie devait être bien courte. Aussi, dès la sortie du collège, de
santé déjà délicate et pressentant qu'il avait peu d'années devant lui,
il choisissait un objet d'étude capable de la remplir avec fruit. C'était
un des plus vastes et des plus laborieux, la géographie-linguistique,
un de ceux qui exigent le plus de connaissances générales, à la fois
scientifiques et littéraires, la pratique de plusieurs langues, les voyages,
une information journalière.

Les témoins de son existence se demandent encore par quel prodige
d'activité et d'assimilation, il avait à vingt et un ans la culture complète d'un homme de quarante qui aurait travaillé sans relâche.

Assistant, en 1895, au congrès international géographique de
Londres, Christian Garnier y avait entendu exprimer le regret qu'il
n'existât pas une méthode rationnelle et pratique de transcription

pour mettre toutes les nations d'accord sur la représentation des noms géographiques. Il résolut de trouver cette méthode et il se mit aussitôt à l'ouvrage avec l'énergie et la suite qu'il avait employées jusqu'alors à son instruction générale.

A ce moment, le mal qui couvait en lui venait de se déclarer avec une force terrible : il était atteint de tuberculose chronique Il le savait et il calculait de sang-froid combien de temps il lui restait pour mener son œuvre à bien. Miné par la fièvre, astreint à un traitement rigoureux, obligé de séjourner, huit mois par an, loin de Paris, à Bordighera, et de se procurer, à grand'peine, les livres, les revues, les documents nécessaires, il donnait au travail les moindres instants que lui laissaient la maladie, la souffrance et les soins indispensables pour durer. Il s'imposait une double discipline, intellectuelle et physique, qui dénote la plus admirable force morale.

Et jamais une plainte sur l'injustice de la destinée à son égard; jamais un regret de la vie qui allait le quitter et dont il faisait un tel emploi.

Il savait l'anglais, l'allemand et l'italien comme sa langue maternelle; il y joignit la connaissance, suffisante pour l'usage usuel, du serbo-croate et de l'arabe, et la notion précise d'une dizaine de langues typiques; il s'appropria, au nombre d'une cinquantaine, les écritures non latines; il réunit les grammaires et les lexiques de la plupart des idiomes connus. Son but, c'était de trouver un système de signes qui, appliqué à notre écriture latine, rendît les sons donnés par les signes des alphabets différents du nôtre, tout en conservant l'orthographe des noms étrangers.

Comme auxiliaire de son travail, comme secrétaire, il avait sa mère qui, tantôt assise près de lui à sa table de travail, tantôt au chevet de son lit, écrivait sous sa dictée, classait ses documents et ses notes, le secondait dans sa vaste correspondance.

Quant à l'utilité de l'œuvre entreprise, il suffira, pour l'apprécier, de transcrire cette note d'un ouvrage publié sur le même sujet, en 1852, par le savant allemand Lepsius : « Le besoin d'une méthode de transcription se fait si vivement sentir qu'un savant français, Volney, a créé à l'Institut de France, en 1820, un prix pour récompenser la meilleure méthode de transcription; mais jusqu'à présent aucun Français n'a présenté de travail de ce genre; aussi l'Institut attribue-t-il ce prix à un ouvrage de linguistique ou de philologie comparée. »

C'est par cette note que Christian Garnier, — qui n'avait voulu connaître l'ouvrage de Lepsius qu'après avoir établi sa propre méthode, — apprit qu'il pourrait trouver des juges autorisés pour son travail. Quant à la récompense, si honorable que soit une consécration académique, elle était secondaire à ses yeux.

Il importe d'ajouter que malgré le mérite de l'initiative, la méthode de Lepsius, d'abord adoptée par les missions anglaises, avait été bientôt abandonnée comme compliquée et incomplète.

Christian Garnier apprenait le 1er mars 1898 que les ouvrages destinés au concours Volney devaient être déposés le 1er avril au secrétariat de l'Institut. A ce moment, il était à bout de forces et de souffrances ; la fièvre ne le quittait que quelques heures par jour, et il ne partageait pas les bienfaisantes illusions qui adoucissent la fin des phtisiques ; il se rendait compte que la durée de sa vie ne se compterait plus que par mois, par semaines, par jours.

Il rassemblait donc pour un dernier effort tout ce qui lui restait de vigueur physique. Pendant vingt-cinq jours, il travaillait sans relâche, et il déposait son mémoire au terme voulu. Le mémoire était couronné.

Christian Garnier avait la satisfaction suprême d'apprendre son succès, mais il mourait le 4 septembre 1898, un mois après son père. Au moment où Charles Garnier venait de rendre le dernier soupir, Christian s'était jeté dans les bras de sa mère en disant : « Il n'aura pas la douleur de me voir mourir ! »

Un des juges du concours Volney, M. Michel Bréal, rendait compte en ces termes à l'Institut de la *Méthode de transcription rationnelle générale des noms géographiques s'appliquant à toutes les écritures usitées dans le monde :* « Le système de Christian Garnier, en simplicité et en élégance, est supérieur à tous ceux qui avaient été proposés avant lui. La commission, rendant hommage à la clarté de la méthode et à l'étendue des recherches, et reconnaissant dans le dessein du jeune auteur la pensée même qui avait autrefois présidé à la création du prix Volney, a été unanime pour couronner cette œuvre. »

Le livre vient de paraître à la librairie Ernest Leroux. Le manuscrit a été recopié et préparé pour l'impression, les épreuves ont été corrigées par la mère de l'auteur, aidée avec beaucoup d'obligeance

par un de ses anciens maîtres, M. Auguste Ammann, professeur
d'histoire au lycée Louis-le-Grand, déjà collaborateur de Charles
Garnier pour l'*Histoire de l'Habitation humaine*, et M. Gaudefroy
Demombynes, secrétaire de l'École des langues orientales vivantes.
Il fallait, en effet, des compétences spéciales pour un tel travail. Mais
quel drame intime et poignant se présente à l'esprit en songeant à
cette femme et à cette mère, son mari et son fils morts, dans sa
maison vide, reprenant un à un les feuillets couverts de l'écriture
chérie, et revivant à les lire les heures douloureuses, le cœur plein de
ses morts et dominant son horrible souffrance pour accomplir la
dernière pensée du fils!

Dans la plus simple des introductions, Christian Garnier, après
avoir expliqué la méthode et le but de son travail, conclut ainsi :
« J'ai voulu faire une œuvre pratique et accessible à tous ceux qui en
ont besoin; une œuvre où le professionnel, comme le public, n'ait
pas à se noyer dans des flots de considérations théoriques, intéres-
santes en elles-mêmes, mais non pour lui; une œuvre enfin qu'on ne
laisse pas au second plan du rayon d'en haut de sa bibliothèque,
mais qu'on puisse garder avec utilité, sur sa table de travail, à côté
du dictionnaire français et du calendrier de l'année. Y ai-je réussi?
C'est au public de le dire. »

Je rappelais en commençant, à l'exemple de Francisque Sarcey, le
souvenir de Vauvenargues. Il en est d'autres, plus glorieux encore,
auxquels celui de Christian Garnier mérite d'être comparé.

Je songe aux lignes par lesquelles Augustin Thierry terminait la
préface de *Dix ans d'études historiques* : « J'ai donné à mon pays tout
ce que lui donne le soldat mutilé sur le champ de bataille... Aveugle
et souffrant sans espoir et presque sans relâche, je puis rendre ce
témoignage qui, de ma part, ne sera pas suspect : il y a au monde
quelque chose qui vaut mieux que les jouissances matérielles, mieux
que la fortune, mieux que la santé elle-même, c'est le dévouement à
la science. »

Je me souviens aussi de ces paroles de Renan : « Qu'importe, après
tout, que la journée de demain soit sûre ou incertaine? Qu'importe
que l'avenir nous appartienne ou ne nous appartienne pas? Le monde
croulerait, qu'il faudrait philosopher encore; et j'ai la confiance que
si jamais notre planète est victime d'un cataclysme, à ce moment

redoutable il se trouvera des hommes qui, au milieu du bouleverse-
ment et du chaos, auront une pensée scientifique, désintéressée, et
qui, oubliant leur mort prochaine, discuteront le phénomène pour en
tirer des conséquences sur le système général de l'univers. »

C'est un grand honneur pour le nom de Christian Garnier d'éveiller
de tels souvenirs. Ce qu'Augustin Thierry disait à la fin d'une vie
longue et glorieuse, il pouvait le dire, lui, à la fin d'une vie courte et
obscure. Ce que Renan regardait comme possible dans un lointain
avenir, était certain pour lui à brève échéance.

Ce jeune homme a donc travaillé jusqu'à la dernière heure, et il
est mort debout, littéralement. Au moment de quitter la vie et la
terre, qu'il aimait, il achevait de marquer son passage en faisant
œuvre d'homme, œuvre utile, œuvre de science, soutenu par le sentiment du devoir envers soi-même et envers autrui, par celui de la
solidarité humaine, non par la pensée que son nom serait glorieux,
mais uniquement par la conviction d'être utile à tous ses semblables,
et connu de quelques-uns.

L'œuvre de son père, mort plein de jours et comblé d'honneurs,
est l'ornement de Paris et un des grands titres de l'art français. La
sienne restera modestement dans l'ombre des cabinets de travail et
des bibliothèques. Comme valeur morale, ne peut-on pas dire qu'elles
se valent, et que ce père et ce fils étaient dignes l'un de l'autre?

Paris. — Typographie de Firmin-Didot et Cⁱᵉ, impr. de l'Institut, rue Jacob, 56. — 38443.